石田衣良
ISHIDA IRA

男女最終戦争

池袋ウエストゲートパークXX
IKEBUKURO WEST GATE PARK XX

文藝春秋

男女最終戦争　池袋ウエストゲートパークXX

▼

目次

西池袋バッテリーブギ　7
目白フェイクニュース・ライター　59
乙女ロード文豪倶楽部　111
男女最終戦争　161

写真（カバー・目次）　新津保建秀
装丁　関口聖司
イラストレーション　北村治
撮影協力　熱帯魚マーメイド

男女最終戦争

池袋ウエストゲートパークXX

初出誌「オール讀物」

西池袋バッテリーブギ　二〇二三年十一月号
目白フェイクニュース・ライター　二〇二四年一月号
乙女ロード文豪倶楽部　二〇二四年三・四月合併号
男女最終戦争　二〇二四年五、六、七月号

西池袋バッテリーブギ

電気自動車に電動自転車、スマートフォンにノートパソコン、ゲーム機や腕時計や携帯型音楽プレイヤー、気がついてみればおれたちの周りはバッテリーだらけ。いくらカーボンニュートラルとはいえ、こんなにすべてを電気にかけて、ほんとにだいじょうぶなんだろうか。スマホのバッテリーの寿命はせいぜい二年。テスラやＢＹＤがいくら先進的でも、クルマのバッテリーだって五年もすればおしまいだ。

スマホはさして進化しない新機種に無理やり買い替えさせられるし、電気自動車はバッテリー交換に元の車両価格の半分、二百万円もかかるという。なんというか、おれたちみんな半分はバッテリーのために働いているようなもんだよな。

しかも、最近の高性能バッテリーには、扱いが面倒なレアメタルがどっさり入っている。リチウムとかニッケルとかコバルトとかね。今のところ、処分や再生の方法も決まっていないし、使用済みバッテリーはただ保管しているだけ。中身が漏れだすと環境汚染になるので、うかつに手がだせないのだ。地球温暖化対策のために、バッテリーを果てしなく増産していく今のやりかたは持続可能なのか（ちなみにバッテリー製造には膨大な量の電気が使用される、その電気はどの先進国でも半分以上は盛大に化石燃料を燃やしてつくられている）。

いきなりこんな話で、あんたをびっくりさせたかもしれないが、もともとおれは工業高校出身で理系なのだ。理系は問題解決をロジックとエビデンスでおこなう。環境活動団体のジャスト・ストップ・オイルの運動（道路に座りこみ交通を遮断したり、美術館で絵画にトマトスープをかけたり自分の手を瞬間接着剤で貼りつけてみたり）は、石油文明に対する猛烈な反発と激しいエモーションでおこなわれているようだ。おれたちは環境問題をもう一度、理系の目で見直す必要があるのかもしれない。

なんだかでかい話になったけれど、始まりはささいなことだった。なぜ急にバッテリーなんかに関心をもったかというと、高校時代の恩師に相談を受けたからだ。このところ豊島区でも急増してる電動アシスト自転車のバッテリー盗難をなんとかしてもらいたい。おれになにができるかわからないけど、中野《なかの》先生にそういわれたら、やるしかないよな。おれも池袋のキング・タカシも、あの先生のおかげで無事高校を卒業できたのだから。

まあ、今回はおれの高校周りの話なので、リラックスして気軽にきいてもらいたい。秋の初めの副都心の、来年になればすっかり忘れられてしまうようなちいさな冒険の物語だ。おれとしてはパズルのように人が殺されるデスゲームなんかより、いくらかはマシだと思うんだけどね。

目がくらむように暑い夏のあとには、だらだらと続く残暑がやってきた。今年はほんとにしんどいというやつが多かったよな。体力お化けのうちのおふくろでさえ、暑さで疲れると毎日のようにいっていた。

だが、さすがの暑さも十月になると、やわになってくる。おれの日課の池袋散歩もはかどるというものだ。西一番街にあるうちの店から、池袋署の角を曲がり、びっくりガードを抜けて駅の向こう側にでる。いつも世話になってるジュンク堂を横目に、雑司ヶ谷《ぞうしがや》霊園を通り抜け、サンシャイン60を回って、グリーン大通りで池袋の東口に戻る、秋にぴったりのルートだ。周回の時間は一時間とすこし。運動不足気味のおれにはぴったりである。

薄手のトレーナーにユニクロのカーゴパンツで、うっすら汗をかきながら、うちの店に帰ると、おふくろが腕組みをして待っていた。夕日を浴びて、ご機嫌ななめ。

「まったくタイミングの悪い子だね」

なにか悪事でも見つかったのかと、胸がどきどきする。

「ほら、これ、中野先生の」

フルーツの詰めあわせの包装紙の切れ端に、携帯の番号が一列。

「中野って、あの中野だよな。旋盤《せんばん》の鬼っていわれてた」

「そんなこと、あたしは知らないよ。それより、しばらく近くにいるっていってたから、連絡してやんな」

「アイアイサー、ご主人様」

おれは店先の歩道にでて、ジーンズの尻ポケットからスマートフォンを抜いた。中野先生の番号をタッチすると、渋いしゃがれ声が響く。そのとき、猛烈な懐かしさに襲われた。それはそうだよな、七～八年ぶりにいきなり聞く恩師の声だ。

「もしもし、真島《まじま》くんかね」

背筋が伸びて、姿勢がよくなる。よく放課後に補習で残されたっけ。

「はい、ごぶさたしてます、中野先生。おれになにか用があるって、おふくろから聞いたんですけど。まだ近くにいますか」

通話の背景にどこかで聴いたような下手くそなギターの音。

「ああ、西口公園にいるんだが」

「じゃあ、すぐにいきますよ。店番するより、おもしろそうだし」

しばらく間が空いて、中野先生は誰かと小声で話していたようだった。

「……では、公園の向かいのプロントで待つ。急がなくて、いいですから」

通話を切って、おふくろにいった。

「また、ちょっとでてくる。中野先生、教え子に手をだしたりしてないよな。それもちょっとおもしろそうだけど、おれの範囲外だし」

おふくろがそっぽを向いていった。

「下品なやつは下品なことを考えるもんだね。あの堅物の先生がそんなことするはずないだろ。

なんだか、深刻そうな顔してたよ。店のほうはいいから、ちゃんと話を聞いてやりな」

　これで夜まで、店番から解放された。ラッキー。おれはその足で、秋の金曜夕方のウエストゲートパークに向かった。


　とはいえ、うちの果物屋から西口公園までは、ほんの五百メートルほどで、信号もふたつしかない。三分後には、改装されてだいぶ高級感が増したカフェの扉を開けていた。奥の窓際のテーブルで、中野先生が右手をあげる。おれの担任だったときと同じ、グレイのスイングトップを着ている。授業はいつもこの格好だったから、同じものを何枚かもっているのだろう。黒かった髪はもう半分銀色だった。テーブルに近づき、会釈《えしゃく》していった。

「お久しぶりです。先生、お元気でしたか」

「ああ、わたしは元気だ。真島くんも立派になったな」

　この苦しい社会のなかで、働いてなんとか息をしていれば、先生の基準では立派なのかもしれない。おれはカフェラテを買って、先生の向かいに座った。

「もうホットの季節になったな」

　そういうと窓の外、通りの向かいのウエストゲートパークを眺めた。

「グローバルリングに、新しいカフェか。この街も変わっていくな」

　懐かしい昔話でもするつもりなのだろうか。

「中野先生はぜんぜん変わらないすね」

苦笑いして先生はいう。

「もう変わる力もないんだよ。だから、毎日変わっていく生徒たちから、力をもらっている」

その言葉の意味がすこしだけわかる年に、おれもなっていた。どんな時代でも希望は若いやつらのなかにあるのだ。このまま品のいい会話を続けてもいいが、時間がもったいない。先に聞いてみる。

「なにか困ったトラブルでもあったんですか」

うんとうなずいて、先生がコーヒーカップのなかを覗《のぞ》きこんだ。口が真一文字に引き締まる。

「生徒たちから聞いたんだが、真島くんは池袋の街で問題少年たちの駆け込み寺のようになっているそうだね。警察には相談できないことでも、なんとか筋道をつくって解決してくれる」

駆け込み寺？　時代劇のなかでしか聞いたことのない言葉だ。いちおううなずいておく。

先生は顔をあげて、おれの目を力をこめて見つめてきた。

「バッテリー盗難の話を聞いたことはあるだろうか。電動アシストつき自転車のバッテリーは二年ほどでへたってくるので買い替えになる。リサイクルの問題はどうするんだろうな。メーカーには製造者責任があると思うんだが」

工業高校の先生らしい展開だった。おれもバッテリー盗難が最近急増していることは知っていた。電動自転車からバッテリーだけ盗んで、ネットで売るのだ。新品のバッテリーは三、四万円するが、出自の怪しい新古品がネットでは山のように半額で売られている。

「バッテリー盗難に、うちの高校のやつがかかわってるんですか」

中野先生はコーヒーカップのなかにため息をついた。

「どうやら、そういうことになりそうだ。話によると、すでに一度窃盗《せっとう》をしているらしい。だが、どの子もほんとうに悪い子ではないんだ。うちの学校でも、もっと悪い生徒はいる」

どの子も？　バッテリー窃盗犯はひとりではないのだ。中野先生はコーヒーショップのテーブルに額がつきそうなほど、おれに頭をさげた。

「なんとか、あの子たちをまっすぐな道に引きもどしてやってくれないか。こんな無茶なことを真島くんに頼んでも、代償にこんなことしかしてあげられないが」

すっかり髪が銀色に変わった先生が、スイングトップの内ポケットから銀行の封筒を抜いて、テーブルに滑らせた。

「高校教師は薄給だ。少額で申し訳ない」

生徒を守るために自腹を切っているのに、額がすくないと恥じている。おれは半分泣きそうになったが、おちゃらけていった。

「上手くいくかわからないし、半分趣味みたいなもんだから、おれはいつも謝礼を受けとってないんです。こいつはつぎのスイングトップを買う金にしてください」

中野先生は驚きの目でおれを見た。立派な高校教師でも、すべてが金の世のなかを生きているのは変わらないらしい。封筒を引っこめると、笑っていった。

「このスイングトップはすでに廃番なんだ。もう三枚買ってある。定年までは十分足りるよ」

おれも笑った。いつかほんとうに似あう服がわかったら、中野先生のように自分のユニフォームをつくるのもいいかもしれない。

先生の表情が真剣になった。

「部外者には極秘にしてもらいたいが、今のところバッテリー盗難にかかわってるのは三年生の生徒三人だ。名前は……」

おれはジーンズの尻ポケットからスマートフォンを抜いていった。

「録音させてもらって、かまわないよな」

うなずいて先生が話し始める。

「一番成績がいいのは川島《かわしま》遼平《りょうへい》。この子は気の弱いいい子だ。うちの学校から四年制の国立工業大学に進学しようとしている」

おれは口笛を吹きそうになった。一学年でひとりかふたりの秀才だ。

「二人目はリーダー格で、曾根《そね》宙翔《ひろと》。この子のうちはシングルマザー世帯で家が貧しく、アルバイトをふたつ掛けもちして高校にきている。コンビニエンスストアと清掃職で、どちらも学校には届け出済みだ。髪が金髪なのが、玉に瑕《きず》だ」

おれは思わず微笑《ほほえ》んだ。この先生が髪の色と制服の着こなしに厳しいのは昔からだった。

「三人目は後藤《ごとう》邦明《くにあき》。ちょっとケンカっ早くて、人情家だ。ゴトー精密という豊島区の優良企業の三代目で、未来がある若者だ」

リョウヘイとヒロトとクニアキ。リーダーは金髪のヒロト。

「その三人が、すくなくとも一度はバッテリー盗難にかかわっている。放っておけば、まだこの先も続けるかもしれない。なんとか手を切らせたい。そういうことで、いいんですよね」

「そういうことになる。わたしの立場は微妙でね。最近はうちみたいな工業高校でもコンプライアンスが厳しいんだ。犯罪行為を知りながら生徒をかばうと、のちのち問題になりかねない。たいして出世はしていないから、ポジションの心配はないが、年金に響くのは問題でね」

そういうことか。コンプライアンスなんて芸能事務所とか政治家とかマスコミの話だと思っていたが、おれが卒業した暴力団や半グレのファームみたいな高校でも、そんな風が吹き荒れているらしい。

「なんだか、生きづらい社会になりましたね」

「そうだな、真島くんたちが制服のしたに、マンガ誌を入れて登校していた頃が、牧歌的で一番のんびりした時代だったなんて、わたしも信じられないよ」

おれはカフェラテを噴きだしそうになった。近くの男子校ともめていたとき、おれたちはナイフ対策に制服のズボンのベルトにヤングマガジンや少年ジャンプをさしていたのである。登下校の際は何人かで固まって移動していた。それでもスマートフォンもコンプライアンスもない牧歌的で平和な時代である。

「もうすこし詳細な話があるので、場所を変えよう」

先生はそういうと、テーブルを離れて、ホットのロイヤルミルクティをひとつ買った。なにをしているのだろうか。おれが不思議そうな顔をしているのに気づいていう。

「西口公園で生徒をひとり待たせているんだ」

なるほど、三人組のひとりから直接話を聞くんだな。展開が早いのは、おれも嫌いじゃない。

カウンターにもたれて、おれは先生と熱いお茶を待った。

おれたちが近づいていくと、グローバルリングのしたに数十メートルも丸く伸びる木製ベンチの端で、紺のカーディガンの女子生徒が立ちあがった。スカートはだいぶ短い。おれたちの頃と同じように、ウエストをくるくると巻きあげているようだ。おれたちの頃はクラスに二、三人しか女子はいなかったので、おれはちょっと驚いていた。中野先生はいった。

「パソコン専科ができてから、うちの高校も三分の一は女子生徒だ。紹介する。彼女は江口《えぐち》紗良《さら》さん。なんというか、曾根くんのガールフレンドとでもいうのかな」

小柄でリスのような顔立ちをした女子だった。先生が名前をだすと、なぜかちいさくぴょんとジャンプした。

「それで、こちらがきみたちの先輩の……」

滑りこむようにサラがいう。

「真島誠《まこと》さんですよね。Gボーイズのブレインの」

まあ、おれも地元ではちょっとした有名人だってこと。先生がサラに熱いミルクティを渡し、おれたちは三人で曇り空の夕方、副都心の公園のベンチに座った。

「チュートはわたしにはなんでも話してくれるんです」

どうやら宙翔のあだ名はチュートというらしい。両手で包むように紙コップを握り、サラがいう。

「アルコールとギャンブルの依存症だったお父さんのことも、両親の離婚のことも。お母さんががんばって働いて、チュートもバイト掛けもちして、なんとか高校を辞めずに済んでいたことも」

おれやタカシの家と同じだった。街の貧しい半分では、毎日のように耳にする話。

「それで、チュートのお母さんが仕事先で倒れてしまって。もともと血圧が高かったみたいで、高血圧性脳症《こうけつあっせいのうしょう》？ とかいう病気で入院したんです。チュートの家もそれで急に苦しくなってしまって……」

おれはぼそりといった。

「バッテリーに手をだした」

「アパートの家賃のためだったんです。お母さんの収入がなくなって、どうにもならなくて」

中野先生は黙って聞いている。無表情でなにを考えているのかわからなかった。

「最初のきっかけは？」

サラはいきなり涙を落とした。先生はいう。

「紅茶でものんで、落ち着きなさい。江口さんが話す情報は、曽根くんを救うためには、とても重要なものだ。時間をかけてもいい。正確に伝えてください」

おれは中野先生の旋盤の教えかたを思いだしていた。数値制御で機械がパーツをつくってくれるが、その過程を自分の腕でわかっていないと、そもそも作業の手順も数値もわからない。自分の手の感覚が大切だ。押すところと引くところ。生徒の心に加える力にも理解は深いようだった。

サラが紅茶をすすりながら静かに泣いているのを、おれと先生は黙って待った。空ではゆっくりと曇り空がピンクに染まっていく。秋の夕暮れは早い。


泣いていたサラが顔をあげた。空を向いていう。

「きれい。全部、バラ色だあ」

それからしゃっくりをひとつした。女の子のしゃっくりってかわいいよな。おれと先生は池袋の空を見あげた。一面の雲に西日がさして、鈍い灰色ピンクに染まっている。公園を通り抜ける会社員や学生は誰ひとり、雄大な空のショーには関心がないようだった。

「チュートが最初にその募集を見たのは、どこかの裏サイトだったみたいです」

「特殊詐欺《さぎ》の出し子とか受け子を募集するようなとこか。ああいうのは、今はやばいんじゃないか。身分証明書のコピーを送ったり、家族構成を知らせたりさ」

「今の子はもうそういうブラックなとこには応募しないですよ。みんな、なにされるかわかってるから」

いやはや犯罪の片棒担ぎにも時流があるのだ。世界は底のほうから変わるのかもしれない。

「へえ、じゃあチュートが応募したのはホワイトなとこなんだな」

まあ犯罪者募集の裏サイトにそんなところがあればだが。

「そうなんです。そこでは身分証の提示は求められないし、追いこみをかけるとか脅されることもないといってました。とにかくバッテリーをもっていくだけでいい。どんなものでも買い取り保証もつけてくれるって」

うーん、確かに裏の世界でも労働基準法に似たものがあるらしい。そういえば、サルの氷高《ひだか》組でも若いやつは八時間労働と残業代を欲しがるらしい。

「買い取り保証はいくら？」

「どんなものでも五千円以上で買い取ってくれるって。最初のときはバッテリーよっつで、二万円を超えたって、よろこんでました」

中野先生はうなずきながら聞いている。何度か聞きとりを済ませているようだ。

「その買い取りなんだけど、どこかにもっていくの。バイヤーみたいな店とか」

おれは貴金属や腕時計の買い取り店を想像していた。

「いいえ、違うみたいです。何日か前にメールが送られてきて、黒いワンボックスカーがこっちにくるんだっていってました。毎回場所は違うみたいだって」

盗んだバッテリーをもっていくと、引き換えに五千円以上はもらえる。中古バッテリーの価格は新品の半分だから、一万五千円から二万円。ちゃんと商売として成立している。中野先生がいった。

「電動アシストつき自転車には盗難防止のため、車体番号が刻まれている。記録は本体のほうは残るんだが、バッテリーにまで手が回っていない。バッテリーの製造番号は記録されていないんだ」

「ということは、盗難品であるかどうかも、実はかんたんに区別できない？」

「そういうことになる。自転車の持ち主が記録していたか、バッテリー本体に名前でも書いておかないと、自分のものかもわからない」

「そいつはでかい抜け穴だったな。これから先もしばらくはバッテリー盗難が流行《はや》りそうだ」

サラが冷たくなったミルクティをのんで震えている。

「だから、すぐにでもやめさせないと。チュートは一週間分のバイト代が夜の二時間で手にはいるっていってました。本気でのめりこむまえに、なんとか」

さっきまでバラ色に輝いていた夕空は、重い灰色ネイビーに変わりつつあった。まだまだサラには聞くことがあった。


「ヒロトの三人組のことなんだけど、川島遼平と後藤邦明だっけ。そのふたりはどういう関係なのかな」

サラはくすりと笑っていった。

「うちのクラスのおバカ三人組です。でも、いいところもあるんです。三人いっしょに危ない橋を渡って、四台分の代金は全部チュートにあげて、リョウヘイもクニも一円もいらないって。お金はチュートのお母さんのお見舞いだって。バッテリー盗むなんて、悪いことはしてるんだけど、わたし、それを聞いて泣いちゃって。男子の友情っていいなって」

思いだしただけでサラは涙ぐんだ。おれもその手の話には弱いので、危うく引きずられそうになる。おれはいった。

「確かに先生のいう通り、そう悪い子たちじゃないみたいだな」

中野先生は笑顔を見せずにうなずいた。

「実際の盗難はどうやってるか、ヒロトからきいたかな」

「三人はいつもスクーターで動いてるんですけど、マンションとか団地の駐輪場を狙うっていってました。あとは案外、一軒家の門のなかにいれてあるのがいいって。鍵つきのまま放置してあるから、バッテリーを抜くだけの一瞬で済むらしいです」

頭もそう悪くないようだ。三人組の役回りを考えた。

「見張り役はリョウヘイかな?」

サラは驚いたようだった。

「マコトさん、なんでわかるんですか。リョウヘイが見張りで、残りふたりが実行してるみたいです」

「鍵がかかっていたら、どうするんだ?」

「百均で売ってるようなワイヤー錠ならボルトカッターで一発だって」

そういうことか。頭も悪くないし、チームワークはいい。盗品の売り先はしっかり確保している。いつか現行犯で逮捕されるまで、三人組がこのあたりのバッテリーを根こそぎにしそうだった。

「なあ、サラ、三人の電話番号と顔写真を、おれのスマートフォンに送ってくれないか。今はどうするか未定だけど、絶対悪いようにはしないから」

おれはサラとラインを交換して、情報をもらった。サラがリスに似ているといったが、チュートはなぜかネズミに似ていた。金髪の坊主頭のネズミだ。リョウヘイはメガネの七三分けで、クニアキは小太りのパーマで首にはシルバーのチェーンをさげている。

　こいつらが病気で倒れたリーダーの母親のために、豊島区中で電動自転車のバッテリーを盗みまくるところを想像した。それも案外悪くない未来なのかもしれない。まだ十代だし、罪もそれほど重くはないはずだ。だが、少年院での時間と前科が、この三人の笑顔をどんなふうに変えてしまうのか、誰にもわからなかった。おれは薄暗くなってきたウエストゲートパークのベンチを立つといった。

「帰って、ちょっと頭を使ってみる。中野先生、サラ、今日のことはヒロトたちには内緒にしてくれ。動くときには連絡するから、そっちも三人組になにかあったら、すぐに教えてくれ」


　そのまま歩いて、うちの果物屋に帰った。コロナとマスクにさよならして、池袋の街にも人は戻っている。意外なほど、その夕方はうちの果物がよく売れた。中野先生が同じ服を定年まで着られるように三枚確保していると教えてやると、おふくろはいう。

「そうなんだよね、これはいいと思う服はすぐに型落ちしてなくなるもんさ」

　確かにおふくろのいう通り。服だけでなく、これはいいと思う本やＣＤもすぐに市場から消えていく。おれはアナログ派なので、目につくとせっせと買いこんでいる。スマホやパソコンのなかにデータとして保存してあるものより、実物に手がふれられる紙の本やディスクはいいよな。実は今、アナログプレイヤー貯金をしているのだ。つぎは30センチのＬＰレコードを集めたい。

　その夜、おれの四畳半でリヒャルト・シュトラウスの「ティル・オイレンシュピーゲルの愉快ないたずら」をかけて、バッテリー盗難と三人組について繰り返し考えた。ティルはドイツの一休さんみたいな放浪のいたずら者で、一休さんとは違い下品ないたずらを数々やらかし、最後には絞首刑になってしまう。残酷な展開なのだが、音楽は平和でのびやか。このアンバランスがいいよな。ヒロトのバッテリー盗難も、ティルの初期のいたずらのように、傷にならないうちにとめなければいけない。

ホルンで始まるティルのテーマを聴いているとき、おれの頭にひらめいた。

そうだ、ヒロトと友達思いのふたりの前で、バッテリーの買い取り屋を叩《たた》き潰《つぶ》し、向こうの世界の恐ろしさを見せつけてやればいい。

スマートフォンの時計を見ると、まだ深夜零時前。おれは迷うことなく、池袋のキング・安藤《あんどう》崇《たかし》の番号を選んだ。

こんな時間にも誰かが身の回りにいるのだ。キングのプライバシーはどうなっているのだろうか。取次はなにもいわずに、キングと代わった。とっておきの冗談をいう隙《すき》も与えてくれない。なんでもコスパと効率なんて、嫌な世界になったものだ。

「またおまえか、マコト。こんな時間にずかずか電話してくるのは、おまえだけだぞ」

疲れてすこし熱をあげたキングの声。

「まだ仕事中か、Gボーイズには残業代あるのか」

「今から帰るところだ。そんなものはない。用件を話せ」

おれはひと呼吸おいていった。

「サルのところでも、最近その手の手当がついたみたいだぞ。タカシもちゃんと組織に請求しろよ」

吹雪《ふぶき》のようなキングの声が耳に吹きこんでくる。

「用がないなら切るぞ」

「待ってくれ。おれ、今日、旋盤の中野に会ったんだ」

「あのグレイのスイングトップの中野か」

どうやらタカシは人をファッションで覚えているようだった。

「ああ、おれたちなぜかあの先生に見こまれて、工業高校対抗の旋盤の技術大会に出されただろ。特訓受けたの覚えてるよな」

「懐かしいな。卒業に単位が足りなかったが、あのときの大会で三位に入賞して、無事卒業できたんだっけ」

タカシが選ばれたのは、教室のみんなには想定内だった。なぜか、やつには機械を繊細に動かすセンスがあるようで、最初に旋盤を動かしたときから、他の生徒とは精度が違っていたのだ。だが、おれのほうはまるでダメ。

「あの先生、いつもマコトにはできるっていってたよな。おまえも期待に応えて、三週間でおれに追いついた」

「ああ、びっくりだったな」

そうなのだ、あの夏の三週間で、なぜかおれにも旋盤のバイトの先が、自分の人さし指と同じように感じられるようになった。爪の先で引っかくようにサブミクロン単位で硬い鋼材を削《けず》りだす。そんなセンスが自分にもあったのだと、驚きとともに知ったのである。もっとも、そんな高度な技術は果物屋の店番にはかけらも必要なかったのだけれど。

「まさか中野から、トラブルシューティングの依頼か」

「ウイ、キング。おれたちの後輩が犯罪者になるかもしれない。中野先生はとめてくれといっていた」

そこで、おれはバッテリー盗難と三人組、それにネットに隠れている盗品買い取り屋の話をしてやった。キングの帰り道にね。やつにはボルボの最上級ＳＵＶで、自宅までの送迎がつくのだ。いつも歩いている庶民のおれとはえらい違い。

「バッテリーを盗むか……最近、池袋でも流行りのビジネスだな。ところでマコト、おまえは要点を正確にまとめて、ストーリーにするのが上手いな。昔から、そんなふうだったかな」

おれにもよくわからなかった。もう何十件となくトラブルシューターとして、いろいろな事件にかかわってきた。そのたびに事件の当事者や関係者に何度となく、トラブルの内容と多くの情報を伝えてきた。

「おれ、あまりにトラブルにはまり過ぎて、頭のなかが二時間ドラマみたいになってるのかもしれない。ほかの方法で考えられなくなったら、嫌だな」

その年、最初の粉雪のようにタカシが笑った。

「いや、そうでもないぞ。おまえの話はいつも悪くない。今のだって、三人組が稼いだ金を全部ヒロトにやったところなんて、おれでさえぐっときた。高校の後輩だし、中野の頼みだ。そいつらを助けてやらなきゃいけないな」

池袋の氷の王様と呼ばれていても、タカシには深いところで熱いものがある。おれだってただ冷たいだけのやつと十年以上もつきあったりしない。キングはいう。

「で、おれに電話したってことは、なにか作戦があるんだろ。話せ、マコト。もうすぐうちに着く」

「わかりました、キング」

それからおれは九十秒で、「ティル・オイレンシュピーゲルの愉快ないたずら」を聴きながらつくった作戦を話した。すべてを聞き終えたキングがいった。

「了解した。その作戦でいこう。で、バッテリーはいくついる？」

そいつはまるで考えていなかった。おれは口からでたらめをいった。

「じゃあ、八個」


つぎの朝、うちのシャッターを開けると、でかいダンボール箱がふたつ置かれていた。ふたを開けてみるとひとつの箱に四個の電動アシストつき自転車のバッテリー。見事にタカシが届けてくれたのだ。さすがに仕事が早い王様だった。

もちろん盗んだものではなく、Gボーイズのメンバーにおふれをだして、かき集めたものだ。

なかには未使用の新品もあったから、Ｇボーイズには自転車屋もいるのかもしれない。おれはティルのテーマを口笛で吹きながら、ダンボール箱をうちのダットサンのトラックに積みこんだ。これで準備完了。おれはさっそく中野先生とサラにラインを送った。

今夜、ヒロトに会いにいくと。


池袋の裏町にはビルのあいだに昔ながらの住宅街が、わずかだが残っている。築五十年を超えるような煤《すす》けた木造住宅や家賃の安い外階段の二階建てアパートなんか。ヒロトが暮らす西池袋にも、時の流れにとり残されたような貧しい街が静かに眠っていた。

おれは深夜零時から、ダットサンのなかでヒロトを待った。やつが歩いて三分ほどのコンビニバイトを終えるのは零時半。運転席で夜のラジオを聴く。クルマのなかで聴くラジオって、なんかいいよな。

ヒロトは背を丸め、疲れた足どりでやってきた。電柱のしたを通るときだけ、クリーム色のパーカーが夜道に浮きあがった。やつがダットサンに近づいてくると、おれはくるくるとウインドウをさげて声をかけた。うちのトラックはパワーウインドウなんかがつく遥《はる》か昔の仕様だ。

「曾根ヒロトだよな。おれは真島マコトだ。今はＧボーイズと動いてる」

ヒロトの顔が引きつっていた。それはそうだよな。じぶんちの前で、高校の先輩とはいえ謎のトラブルシューターがトラックを停めて張っているのだ。

「なんすか、なにか用があるんすか、マコトさん」

怯《おび》えたヒロトの言葉は、なぜかフランス語みたいに聞こえた。おれの名前くらいは知っていたようだ。まあ池袋のガキなら当り前だが。おれはニッと笑って、ダットサンをおりた。

「こいつを見てくれ」

トラックの荷台に回り、ダンボール箱のふたを開けて見せる。

「バッテリーが八台ある。半数は未使用の新品だ。おれたちにもおまえのビジネスにかませてくれないか。こいつは挨拶《あいさつ》みたいなもので、この先何十台でも揃えられる。ヒロトのとこの買い取り屋に紹介して欲しいんだ」

ヒロトの顔に安堵《あんど》の表情が広がった。

「驚かせないでくださいよ。おれ、Ｇボーイズに見かじめ料でもとられるのかと思った」

おれはヒロトの肩を先輩らしく強めに突いてやった。

「まさか。おれがＧボーイズでなにしてるか、知ってるだろ。見かじめのとりたてにおれみたいな知性派を使うはずないだろ」

「まあ、そうですけど。キングとマコトさんはうちの高校では伝説の人だから、なんかびびっちゃって……でも、どうしておれがバッテリーの仕事してるってわかったんですか」

中野先生とおまえのガールフレンドに聞いたから。そういいたかったが、トラブルシューティングには嘘がつきもの。

「Ｇボーイズの情報網なめんな。この街で起きるどんなちいさなトラブルや裏ビジネスも、こっちにインフォメーションが集まってくるんだ。チクリ屋は街のあちこちにいるんだぞ」

短い金髪をかいて、ヒロトはいう。

「マジっすか、おれたちまだ始めたばかりなのに」

おれは余裕の笑みを見せてからいった。

「おふくろさんの病気はだいじょうぶか？」

今度は正真正銘の驚きの顔。

「なんでおふくろの病気を知ってるんすか」

おれは運転席に戻り、箱詰めのフルーツをとりだして、ヒロトに渡してやった。

「うちの店のフルーツだ。おふくろさんの見舞いだよ。ヒロトはいい友達をもったな。リョウへイとクニアキだっけ」

楽しいときいっしょに遊ぶだけでなく、危ない橋もいっしょに渡ってくれる。しかも無報酬で。いいダチじゃないか。ヒロトの顔色が変わった。

「この見舞いはありがとうございます。でも、あいつらに手をだすようなら、いくらマコトさんとGボーイズでも、おれは徹底的にやりますよ」

ぐっとしたからおれをにらみつけるといった。

「おれひとりでも、狙《ねら》いにいきますから」

案外ガッツと男気のあるやつだった。おれはやつの金髪の坊主頭をぐりぐりとなでてやった。

「おい、こいつは単純なビジネスの話だ。おまえのダチに手をだすはずないだろ。いいか、買い取り屋には太い客を紹介するといっておけ。Gボーイズの名前はだすな。最初のトレードで質のいいものを八台売りたいといっている。それだけでいい。買い取り屋との連絡はどうしてるんだ？」

「ロシア製のチャットアプリで、一定の時間がたつとメッセージが消えるやつを使ってます」

テレグラムだ。世界中の犯罪組織御用達《ごようたし》。おれはカーゴパンツのポケットから、包装紙の端をだしてヒロトにやった。私立探偵には名刺があるが、街のトラブルシューターに名刺はない。

「おれのスマートフォンの番号とアドレスだ」

ヒロトは高級フルーツが詰まった箱を抱えて、呆然《ぼうぜん》としている。おれが結んだピンク色のリボンつき。おれは旋盤だけでなく包装も上手いのだ。ダットサンに乗りこんで、やつに声をかけた。

「うちもタカシも、シングルマザーだったんだ。おまえもバイトがんばれよ。おふくろさん、元気になるといいな」

おれはまったく同じ言葉を、高校時代タカシにかけたことがあるような気がした。タカシのおふくろさんは退院できずに亡くなってしまったが。おれは嫌な思い出を断ち切るように、イグニッションを回した。

「はい、ありがとうございます、先輩」

頭をさげるヒロトを残して、おれは静かに夜の住宅街に滑りだした。


二日ほどして、サラから電話があった。

おれは絶賛接客中だったけれど、客の切れ目でスマートフォンをもって、店の外にでた。カラータイルの歩道の端、ガードレールに腰かける。

「マコトさん、チュートにお見舞いあげたんですか。見たことないようなフルーツがいっぱいだってすごくよろこんでました」

「へえ、そいつはよかった。ほかになにかいってなかったか」

サラはしばらく考える。

「うーん、これっていいことなのかな。チュート、今回の件で上手く立ち回れたら、自分もマコトさんやキングのしたについて、Gボーイズで出世できるかもしれないって、意気ごんでました」

確かにそっちの方向も、ストリートのガキが見る夢のひとつ。

「高校生にはまだすこし早いかもしれないな」

偉そうなことはいえないが、自分の身体と頭を使って、しっかり働いてみたほうがいいとおれは思う。

「そうそう、あとチュートがいってたのは、できるだけいい条件でGボーイズのバッテリーを売るために、いろいろ考えて動いてるって」

なんだか嫌な予感がした。あいつが変にお調子者でなければいいんだが。

「わかった。ヒロトのこと、近くで見てやってくれ。なにかあったら、すぐに連絡するんだぞ」

サラは礼儀正しかった。

「チュートのこと、よろしくお願いします。わたし、この事件が終わったら、マコトさんのこと超カッコよかったっていいふらしますから」

「わかった、ありがとな」

通話は切れた。おれが十代だったら、サラの言葉はひどくうれしかったことだろう。だが、今では女子高生とつきあうなんてぎらぎらした野望はなかった。やっぱり相手は大人じゃないとね。

ヒロトからつぎの買い取りの知らせがないまま、さらに二日が過ぎた。おれの電話が鳴ったのは風呂上がりで、のんびり四畳半でくつろいでいるときだった。スマートフォンの画面を見ると、ヒロトから。

「どうした、なかなか連絡なかったじゃないか」

「すまないな、あんたが真島マコトさんか」

見知らぬ声。ざらりと鼓膜にふれてくるような嫌なトーンだ。

「あんた、誰だ？」

「うちはただの買い取り屋だ。ヒロトからあんたと池袋の組織が、バッテリーを売りたがっているという話を聞いた。そいつは間違いないな？」

ヒロトはどんな話をしたのだろうか。まるで事態が読めない。

「それで、このガキは自分たちのほうが遥かに強いといってきた。買い取りの条件をあげろ、そうすれば安定して何十台でもブツを流してやると。スタートは七千円からだ。半額の二万で売ってるなら、十分な儲《もう》けだろうとな」

ふふふと砂のような笑い声が続いた。

「生意気だったので、さらってすこしかわいがった。おたくのほうには別に問題ないよな」

サラのいう通りだった。ヒロトは高校三年らしく功を急いだのだ。おれはなんとか余裕を見せていった。

「ああ、問題はない。まったく困ったガキだな。おれは話を通してくれるだけでいいといったんだ。あんたたちの連絡先を知らなかったからな」

　ざらついた声がいう。

「ほんとうか？」

「なあ、あんたなら金に困った高校生に、大切な商品の価格交渉をまかせるか？　そんなボンクラならいっしょに安心して仕事なんてできないだろ」

「まあ、そうだな。そっちもビジネスなら、話は早い」

　相手の重心がすこし動いたのがわかった。おれの話を信じかけている。すかさずいった。

「そのヒロトというガキなんだが、おれが世話になった人の息子でな。少々ガタついててもいいから、返してはもらいたいんだ。おれの手元には今、八台のほぼ新品のバッテリーがある。そいつを迷惑料として、あんたたちに進呈するから、ガキを返して、つぎのビジネスの話をさせてもらいたい」

　どこか遠い声で、やつはいう。

「ビジネスの話か……」

「ああ、おれたちのところにはマンパワーがある。ブツはいくらでも供給できる。あんたたちのセルパワーとあわせたら、いい商売になると思わないか。今の十倍はすぐに稼げるようにしてみせる」

　短く笑って、名無しはいった。

「ヒロトも同じことをいった」

「事実だからしかたない。おれはGボーイズの新規ビジネス開拓係なんだ。世のなか間抜けばかりだから苦労してる。いい形のビジネスをつくって、おたがいの得点にしないか。あんたはあんたの組織で、おれはおれのチームで。そんなガキは放っておいて、ほんとのウィンウィンってやつを試さないか」

おれは風呂上がりで学習机に向かい、汗だくになっていた。いきなり犯罪常習者の振りをするのはたいへんだ。一リットルの汗をかく。紙やすりの声がいう。

「わかった、十五分待て、返事をする」

通話は突然切れた。おれはため息をついて、枕にスマートフォンを投げつけた。


つぎにスマホが鳴ったのは、九十秒後。おれはディスプレイも見ずに悪役声でいった。

「なんだ、ずいぶん早いじゃないか」

「マコトさん?……」

サラだった。おれはあわてていった。

「すまない、別なやつと間違えた。どうした?」

泣きそうな声でサラはいう。

「今日は小テストがあったのに、チュート学校休んだんです。さっきバイト先のコンビニにもいってみたんですけど、そこも無断欠勤してました。チュートがどこかに消えちゃった」

しかたなくおれはいった。

「うん、知ってる。チュートは買い取り屋とすこしもめたみたいだ」

サラは必死だった。

「だいじょうぶなんですか。相手は悪い人ですよね」

「ああ、そうだ。今の感じでは、ヒロトは無事みたいだ」

「よかったー！」

ぜんぜんよくはなかった。まだヒロトは敵の手のなかだ。

「買い取り屋からまた電話がある。学校ではあまり騒ぎにしないでくれ。戻ってきたヒロトも困るからな」

「わかりました。マコトさん、チュートをよろしくお願いします」

サラからは何度も同じお願いをされた。おれに高校生のとき、こんなガールフレンドがいればと一瞬後悔したが、青春も時間も戻らない。わかった、まかせろといって、通話を切った。


最初の電話からちょうど十五分後、名無しから二度目の電話がかかってきた。またヒロトのスマートフォンを使っている。砂のような声がいう。

「一度だけしかいわないから、ちゃんと覚えておけ。明日の夜十一時半、東池袋にある総合体育場にうちのクルマがいく。ガキは八台のバッテリーと交換しよう」

かかった！　おれは叫びだしそうだったが、声のトーンは変えなかった。

「自転車の電源八台なんて、ずいぶんと安い命だな」

敵も酷薄に笑っている。

「そうかな、あんなガキなら十分だろ。あんたとはいいビジネスができそうだ。明日の夜、会えるのをたのしみにしている」

なぜだろうか、おれは女たちではなく、いつも悪役からラブコールをもらうのだ。

「わかった、総合体育場で十一時半」

「そうだ。ではまた明日」

通話は切れた。おれはしっかりと握っていたスマートフォンから、指をはがした。てのひらは汗でぬるぬる。もう一度風呂にはいり直そうかな。


風呂にはいかずに、キングに電話をいれた。またも無口な取次がでて、すぐにタカシに代わる。

「もしかして、取次っておまえの新しい女なの？」

かき氷を削るときのような爽《さわ》やかな笑い声。

「身長が一八五センチあって、毎日プッシュアップを二百回してる女か。一度見てみたいな」

Gボーイズのボディガードだった。要人にはいつでも警護がつく。

「買い取り屋が引っかかった」

「そうか、話せ」

おれは拉致《らち》されたヒロトと買い取り屋との捕虜交換の話をした。対価はバッテリー八台。タカシも苦笑している。

「高校生はずいぶん安いな」

「交換は明日の夜十一時半。場所は東池袋の総合体育場だ」

さすがにタカシだった。

「山井《やまい》がドーベルマンを殺したところか」

ベンチの足元で血の泡を噴きながら痙攣《けいれん》していた犬を、おれはまだ思いだせる。青春の古き良きメモリーだ。

「タカシにはGボーイズで包囲網を敷いてもらいたい。やつらのワンボックスカーを囲んで、ヒロトを受けとる」

「そのあとは？」

「ヒロトとやつの友達には、ちゃんと見せておかなきゃならない。適当にタカシが演説してから、やつらを叩き潰す。そのまま拘束して、池袋署に通報でもすればいい」

「了解だ。Gボーイズを動かそう」

しばらく間があった。高原から吹きおろす冷たい風のような沈黙。キングはいう。

「マコトは中野のこと、割と好きだったのか」

一瞬考えてみた。旋盤に向かう日々。マシンオイルと金属が熱を放つ匂い。

「そうだな。あの学校にはまともな教師って、ほんのちょっとしかいなかったからな。それとおれ、案外旋盤で削るの好きだったんだよな。おまえと賞をもらえて、ほんとにうれしかった。小中高あわせて、賞状もらったのって、あれ一枚だけかもしれない。もうどこにあるのか、わかんないけどさ」

キングが笑っていった。

「今じゃあ、池袋署から何枚も感謝状もらってるのにな」

そうなのだ。なぜかそこの署長の横山礼一郎《よこやまれいいちろう》警視正は、おれが正義の味方だと思いこんでいる。毎回感謝状なんていらないというんだけどね。

「タカシにも半分やろうか」

「いや、おれはいい。悪いことができなくなるからな。明日の夜、九時に迎えにいく。最後の作戦を立てよう」


決戦の夕方には、中野先生がやってきた。傘もささずに、深刻な顔でうちの店の前に立っている。おふくろが声をあげて、二階からうちで一番高級なバスタオルをもってきた。

「中野先生、風邪をひきますよ。どうしたんですか」

先生のスイングトップは防水スプレーでもかけてあるようだった。雨粒が丸くなって、ころころと滑り落ちていく。おふくろにとりあわずに、おれにいった。

「真島くん、ちょっと話がある。お母様、マコトくんをお借りします」

おれたちは西一番街の路上で、傘をささずに向かいあった。絞りだすように先生はいう。

「曾根くんがこの二日間、行方不明になっている。教師として彼の身になにかあれば職を辞さなければいけない。こうなったら、警察に届けるしかないと思っているのだが」

おれは先生を安心させるようにいった。

「今夜、ヒロトを迎えにいきます。あいつは無事で、身体もだいじょうぶです。警察に届けるのはしばらく待ってください。おれとタカシが動いてますから」

「きみたちの互助組織、Ｇボーイズとかいうんだな。信じてもいいか？」

おれは頬を滑る水滴を感じながら、しっかりとうなずいた。

「先生、おれとタカシは高校の頃から、やるときはしっかりやるタイプでしたよね」

中野先生は銀の髪を揺らして笑った。

「ああ、そうだ。きみたちふたりは素晴らしかった」

そこで昔から不思議に思っていたことを聞いてみる。

「タカシはわかりますけど、どうしておれを選抜したんですか。ほかにも旋盤上手いやつはいたのに」

中野先生は無表情な厳しい顔でいった。

「理由がわからないほうがおかしいんだ。真島くんは安藤くんに負けないセンスのよさと細やかな神経を最初からもっていた。わたしにはすぐにわかったよ。思慮《しりょ》深さと先を読む目は、彼より優れているくらいだ。高校対抗のときはマコトくんが作業手順を決めたのだろう」

思いだしてみれば確かにそうだった。

「きみの伝説は生徒たちから、何度も聞いている」

そこで中野先生は直角に腰を折って、おれなんかに頭をさげた。

「真島くん、曾根くんのこと、どうかよろしく頼む」

おふくろが息を呑んで、果物屋の店の奥から眺めていた。

「先生やめてください。おれに頭なんてさげないで。じゃあ、この件が片づいたら、おれとタカシにミルクティをおごってください。それで全部ちゃらだ。それでいいですか」

先生は濡れて落ちてきた前髪をかきあげていった。

「何杯でもご馳走しよう。もつべきものは、いい生徒だ。教師冥利《みょうり》に尽きる」

中野先生はおふくろがさしだした傘を固辞して、雨のなか帰っていった。おふくろが怖い顔でいった。

「マコトがなにを頼まれたか知らないけど、中野先生の件は死ぬ気でやりな。わかった？　あの先生をがっかりさせるなんて許さないから」

おれは黙ってうなずいた。同じ思いなら、返事をする必要などない。


夜になってしつこい秋の長雨がやんだ。Gボーイズのボルボがうちの店の前に停まったのは正確に午後九時だった。タカシは窓だけさげて、うちのおふくろに声をかけた。

「おふくろさん、そのカーディガンいいですね」

去年も着ていたカウチンのカーディガンをほめる。タカシはうちのおふくろに会うたびに、ひと言うれしがらせるようなことをいう。売れっ子ホストか、こいつ。おふくろがおれの背中をたたいた。

「中野先生の仕事だ。張り切っていきな。店のことはまかしとき」

おれはタカシのとなりに乗りこんだ。

「おまえ、口からでまかせが上手いな」

キングは不思議そうな顔をした。

「マコトのおふくろさんには、いつもほんとに思ったことしか口にしてないぞ」

本心だったのか、こいつ。おれは驚いていた。

「タカシも、吉岡《よしおか》も変わってるな」

「おれをあんな刑事といっしょにするな」

タカシはそういうと左手を稲妻のような速さで動かした。汗をかいたペットボトルがおれの頬の五ミリ手前でとまる。オルデン。北欧ノルウェーの氷河水のミネラルウォーターだ。

おれはひと口のんでいった。

「Gボーイズの動きは？」

キングは肩をすくめていった。

「八チーム、四十八人で総合体育場を包囲した。バイクとクルマも用意してある。あとは罠《わな》の口を閉じるだけだ。マコトのほうの作戦は？」

雨あがりで漆黒《しっこく》のアスファルトを、小山のようなＳＵＶが駆けていく。池袋の街は昼のような明るさ。おれはいった。

「最初にダットサンで顔をだすのは、おれとタカシだけ。突撃隊は近くに停めたクルマに待機させてくれ。ヒロトが返ってきたら制圧だ」

北口の先にあるおれが借りてる駐車場に着いた。タカシはうちの店の薄いブルーのピックアップトラックを見て、片方の眉をつりあげた。

「このおんぼろにまだ乗ってるのか。高校のときから変わらないな」

うちのダットサンはもう二十年近い年代もの。だが、キャブレターの調子はいいし、荷台にスイカの箱を山積みしても、余裕で動いてくれる。その荷台に今はダンボール箱にはいったバッテリーが八台。おれはキーを使って、ドアを開けた。

「乗ってくれ」

助手席のドアを開けてやる。タカシは座面のほこりを払ってから乗りこんだ。

「このクルマの買い取り価格より、おれのジャージとスニーカーのほうが高いかもしれないな」

おれはやつのスニーカーに目をやった。どうってことのないグレイと白のナイキだ。

「その運動靴、そんなにするのかよ」

「ああ、マコトにはわからないだろうな。ディオール×ナイキのエアジョーダン1だ。ネットオークションでは、八十万だったかな」

盗んだバッテリーで五千円を稼いでいたヒロトに聞かせてやりたかった。世界には圧倒的な格差がある。

「じゃあ、このトラックよりぜんぜん高いな」

だが、ものにはシンボルとしての価値だけでなく、使用価値もある。人ふたりとバッテリー八台を積んだら、ナイキのスニーカーはとても動けないだろう。


そのとき、駐車場の奥からGボーイズがやってきた。ガキをふたり連れている。リョウヘイとクニアキだった。キングがいった。

「あいつらにも授業を受けさせるんだろ。高校の後輩をまたバッテリー仕事に戻らせる訳にはいかないからな」

おれとタカシが乗ったトラックの横で、ふたりのガキがGボーイズに囲まれて、直立不動で立っていた。失礼な口をきけば、どこかの山に埋められるって雰囲気。

七三分けのメガネが先に頭をさげた。

「すみません。ヒロトのこと、頼みます。ぼくとクニはヒロトさえ無事に帰ってくれば、Gボーイズさんのどんな仕事でも、よろこんでやらしてもらいますから」

タカシはのんびりした氷点下の声でいう。

「こいつがうちの工業高校から、国立の工業大学を目指してるやつか」

黙って固まってしまったリョウヘイの代わりに、おれがいった。

「そうだ。学年一の秀才だって」

キングは王の威厳をもって、もうひとりに声をかける。

「おまえのほうは、どうなんだ?」

クニアキの首の銀のチェーンが恐怖で揺れていた。それでも、やつはなかなかのガッツを見せた。

「おれもリョウヘイと同じです。ヒロトさえ助かれば、おれたちはどうなってもいいす」

見どころのあるガキふたりじゃないか。キングは低い声で、そっと語りかける。

「ここにいるマコトは高校時代、入院したおれのおふくろのところに毎日のように見舞いにきてくれた。自分の店の果物をもってな。おふくろは残念ながら助からなかったが、おれはマコトには言葉で尽くせないほど感謝してる。だから、こいつは今もおれのとなりにいる」

初めて聞く感謝の言葉だった。おれはうっすら涙ぐんだが、必死にこらえた。

「おまえたちも、今から十年後ヒロトのとなりにいてやれるか。いいことも悪いこともあるぞ」

リョウヘイとクニアキの声が揃った。

「はい、ヒロトを頼みます」

タカシは静かにうなずいた。満足げにおれにいう。

「マコト、クルマをだしてくれ」

そうして、おれは王族の専用車を運転するように、クラッチのつなぎに細心の注意を払って、ダットサンのトラックを夜に滑らせた。

総合体育場前の広場は、雨あがりで底冷えしていた。十一時を過ぎると、通行人もほとんどいなくなる。コロナからこっち、みんな夜遊びを控えるようになったみたいだ。おれたちは街灯のしたからすこしだけはずれてダットサンを停め、あたりに神経を巡らせていた。

タカシとふたりでいるときのつねでつい昔話になる。おれはさっき中野先生にいわれたことを教えてやった。

「先生はさ、おれをひと目見て、タカシに負けないセンスと細やかな神経があると気づいたっていってたぞ」

タカシはバックミラーの角度を変えて、後方を確認していた。

「そんなことはおれも最初からわかっていた」

調子の狂うやつ。

「おまけに先生いってたぞ、先を読む目や工程を考える力は、安藤くんより優れているくらいだって」

タカシは天然だった。きょとんとした目で、おれを見る。

「なにいってるんだ。いつも作戦はおまえにまかせてるし、先を読む目なんて、この街じゃ敵なしだろ。警察や氷高組や京極《きょうごく》会もかなわない」

おかしいな、今夜はどうも調子が変だ。おれは死ぬ前には、誰でもいい人になるという、どこかの小説で読んだ怖い話を思いだした。

「タカシ、いきなり死んだりしないでくれよ」

氷のキングはバックミラーをにらんだままいった。

「おれが死ぬように見えるか……きたみたいだ……黒のニッサン……キャラバン」


おれのダットサンの後方五メートルくらいに、黒いキャラバンが停車していた。ぴかぴかの新車。買い取り屋はずいぶん稼いでいるみたいだ。おれとタカシでおりていく。雨あがりのひんやりした夜気で鼻が冷たく、雨の匂いがした。歩道の脇に立っていると、ワンボックスからも人がおりてきた。

「やあ、あんたが真島マコトか。ひとりじゃなかったんだな」

そういうざらつき声も、もうひとりといっしょ。ふたりともワークマンのおしゃれ作業着を着ている。ざらつき声は中肉中背。もうひとりは背は高いが痩《や》せ型。どちらも怖さはないように見える。タカシはどんな ふうに敵戦力を評価しているだろうか。おれはいった。

「ガキは連れてきたか」

ざらつき声がこたえた。

「バッテリーを見せてくれ」

おれはダットサンの後部に回り、フラップをさげた。ダンボール箱がふたつ。ざらつき声が近づいてくる。おれが箱のふたを開けると、中身を確認する。

「いいだろう。ガキを連れてこい」

もうひとりがダンボール箱をひとつ抱えて、キャラバンに移動する。荷室のドアがうえに開いた瞬間、ヒロトの叫び声が聞こえた。

「マコトさん、逃げてください。こいつら、マコトさんを締めて、いうことを聞かせるって話してました」

両手を前で縛られたヒロトがキャラバンから転げ落ちてきた。ざらつき声ともうひとりが、地面に向かって腕を振った。鋭い金属音が鳴って、特殊警棒が二本伸びた。おれはいった。

「心配するな。そんなやつふたりくらい、おれたちなら軽いもんだ」

ヒロトの顔には端が黄色いどす黒い痣《あざ》が見えた。雨あがりの歩道に転がったまま叫ぶ。

「こんなやつらじゃなくて、バケモノがいるんです。おれのことはいいから、早く逃げて」

キングはうっすらと笑っていた。右手を高くあげる。すこし先に停まっていたＳＵＶや通りの向かいのワンボックスから、Ｇボーイズの突撃隊が湧きだすようにおりてくる。今度はざらつき声が叫ぶ番だった。

「汚ねえぞ、真島」

高校生のガキを拉致した間抜けのいう台詞《せりふ》だった。おれは誉《ほ》め言葉と受けとっておいた。そのとき、キャラバンが揺れた。みしりと金属のきしむ音がする。おおきな男がゆっくりとおりてきた。ＸＬサイズの作業着でも、この男の上半身は収まらないようだった。Ｔシャツ一枚で、脱いだ作業着のうえ半分は両袖《そで》を腹で縛っている。

「ボディビルダーか、つまらないな」

Ｇボーイズの突撃隊は最初にざらつき声たちの制圧にかかった。ひとりに三人がかりで、攻めていく。特殊警棒を振り回しても、さして意味はなかった。突撃隊の腕にはカーボンの黒いプロテクターがついている。誰かが敵の特殊警棒をもった腕にしがみつけば、それでおしまい。チームの残りふたりで地面に寝かせてしまう。ざらつき声ともうひとりはすぐに後ろ手に結束バンドで縛られて、濡れたアスファルトに転がった。

だが、ミシュランのタイヤ男みたいな三人目の男はそうはいかなかった。Ｇボーイが落ちていた特殊警棒を拾い、手首のスナップをきかせた一撃をボディビルダーに放った。ぐっと筋肉を張って、上腕で受ける。もうひとりのＧボーイが後頭部を強くなぐりつけた。それでも男はとまらずに、おれたちのほうに向かってくる。三人目のＧボーイがやつの腰にしがみついた。おれはそのとき信じられないことを目撃した。やつはＧボーイの腰のベルトを片手でつかむと、そのまま振りまわしたのだ。ちらりと横目で特殊警棒をもったGボーイを見て、そのまま片手で投げつけた。ふたりはからまりあって、歩道脇にあるツツジの植えこみに突っこんでしまう。周囲をとりまくGボーイたちがボディビルダーに飛びかかろうとした。タカシはまた右手をあげて叫んだ。

「待て。こいつは今、無敵だ。無駄な争いはするな」

そういいながら、一歩前に踏みだしていく。

「ほんとうの化物《ばけもの》がいる。戦闘の最中に脳の化学物質だか、アドレナリンの嵐だかで、まったく痛みを感じなくなるバーサーカーだ」

狂戦士か。この身体で痛みを感じないなら無敵じゃないか。ボディビルダーは肩で息をしながら、タカシだけをにらんでいた。誰が王様なのか、鈍い頭でも判断がついたのだろう。タカシは軽くステップを踏みながらいった。

「こいつは今、無痛症の筋肉の塊《かたまり》だ。おれがやる。Gボーイズに命じる。誰も手をだすな」

そういうと身体の厚みが三倍もある筋肉の山に軽やかなステップで向かっていく。嫌な予感が的中しそうで、おれはいたたまれなくなった。

リーチは背の高いボディビルダーのほうが、すこしだけ長いようだった。しかし、タカシが左右にフェイントをいれながら近づいていくと、男はまったくついていけなかった。タカシは腰を沈め、必殺の右ストレートを放とうとした。

そのとき、ボディビルダーはどんなボクシングの世界戦でも見たことのないような防御を見せた。平手でキングの胸の中央をただ突き飛ばしたのだ。体勢を崩しながら、タカシはそのまま二メートルほど吹き飛ばされた。驚異の腕力。大人の男の身体を片手で突いて、二メートル後退させる。そんなことができるなら、あらゆる格闘技の技術論が無効になってしまう。

だが、タカシはさすがに池袋の王様だった。二、三歩後ろに足を送って、体勢を立て直すと、うれしげに笑ってまた目覚ましい速度で、筋肉の山に接近していった。恐れを知らない闘牛士のようだ。

タカシは左右にステップを踏みながら、身体を相手に対してななめに保った。自分の重心を決してさらさない。ボディビルダーはなんとかタカシを捕まえようとした。つかんでしまえば、押し潰しても、叩きつけても、投げつけてもいい。力まかせで単純だが、あの筋力なら必殺の効果がある戦術だった。

タカシの左ジャブがしだいに当たるようになってきた。男はグローブほどある手を開いて両手で頭を守る。ぱんっぱんっと小気味いい音が鳴り、真夜中の体育場前の広場に波紋のように広がっていく。

タカシはボディビルダーの両足のあいだに右足を深く踏みこみ、腰と肩を猛烈な勢いで回転させた。分厚いてのひらで守った頭部を、防御など気にせずにそのまま右のオーバーハンドで撃ち抜いた。ガードのうえからでも十分重いパンチだった。静止画にしたように筋肉男の動きがとまった。おれにはそのとき、この勝負の行方がはっきりと見えた。

「ヒロト、いくぞ」

上半身を起こして、キングの戦いに驚愕《きょうがく》していたヒロトがいう。

「でも、キングが……」

「もう終わってるよ」

おれがそういうと同時に、タカシはひざを深く沈めて、左のボディアッパーを男の腹に突き刺した。無痛症の男のなかで、なにかが崩れだしていく。不思議なんだが、男の無敵のパワーが地面に流れだしていくように見えたのだ。よくみんながいうのは、キングに勝つには最初のダメージになんとか耐えて、タカシを捕まえさえすればいいという作戦だ。おれの返事はいつも同じ。ダットサンのトラックが腹に突っこんできたとき、目がくらむような痛みのなかで、あんたは同時にバンパーでもサイドミラーでもいいけど捕まえられるのか？　って話。衝撃で内臓がぐらぐらと揺れているときには、誰だって反撃などできない。ボディビルダーはもうパンチなどくるはずもない腹を守った。もう一発で腹が裂けるかもしれないと恐怖に駆られたら誰でもそうなるよな。

最後はいつもと同じだった。スピードだけはでたらめに速いけれど、さして力感のない右ストレートがミシュランマンのあごに薄くこするように当たる。腕と脚をぴんと伸ばしたまま、ボディビルダーは棒のように倒れこんだ。タカシはどんな人間でも意識を失うのに十分な衝撃で脳を揺らしたのだ。

一二〇キロで頭から倒れたら、歩道のタイルもやつの頭蓋骨《ずがいこつ》もたいへんなことになる。タカシはやつに飛びつき、頭を抱えて、そのままいっしょに濡れたアスファルトに倒れこんだ。しばらくして、爆発的な歓声がGボーイズから湧き起こる。おれはヒロトにいった。

「なあ、いった通りだろ。ヒロト、おまえ、もうバッテリーなんて盗むなよ。ほら、おまえのダチが心配してきてるぞ」

左目の周りを黒く腫《は》らしたヒロトに向かって、通りの向こうからリョウヘイとクニアキが駆けてきた。

「あのふたりはおまえが無事なら、自分たちはどうなってもいいといってたぞ。いいか、あいつらに恥ずかしいと思うようなことは、二度とするな」

ヒロトは顔をくしゃくしゃにして吠《ほ》えた。

「はいっ！」

抱きあって踊りだしそうな三人組を残して、おれはキング・タカシのところへいった。


タカシはGボーイズに命令していた。

「その男は結束バンド、五重にしておけ」

キャラバンの荷室を覗いてみると、十台ほどの盗難バッテリーが積まれていた。Gボーイズがざらつき声とボディビルダーともうひとりを荷室に放りこんでいく。タカシが倒した男を運ぶのは四人がかりだった。おれはキングの足元を見ていった。

「せっかくの高級スニーカーが泥だらけだな」

キングは笑っていた。高級ブランドのジャージもあちこち、ぼろぼろ。

「どうせこんなものはただの運動靴だ。だけど、最後のやつ、とんでもない力だったな」

「どうして、ほかのGボーイズに手をだすなといったんだ？」

数を頼みに押し潰す手もあったはずだ。筋肉男はスタミナに問題があることが多い。タカシは肩をすくめた。

「あの手のダメージに鈍感なやつは、意識を刈りとるしかとめる方法がないんだ。最後には勝つにしても、Gボーイズのケガ人が増えるだけだからな。おれにもいい実戦訓練になるし。さあ、人がくる。Gボーイズ、ここで解散だ」

右手をあげてキングが命じる。その場にいた突撃隊は朝霧のように消えていく。高校生三人組がおれたちのところにきて叫んだ。

「ご迷惑をおかけして、どうもすみませんでした。どんな仕事でもしますから、Gボーイズの下でつかってください」

おれとタカシは顔を見あわせた。タカシはどうするという顔で、おれを見る。しかたなくおれはいった。

「Gボーイズもそれほど人材には困ってないんだ。とにかくちゃんと高校を卒業してから、また話をしにきてくれ。そのときまでにはきいてやるから」

タカシはいたずら好きなティル・オイレンシュピーゲルのように静かにおれたちを眺めていた。すると急におかしなことをいい始めた。金髪の坊主にいう。

「おまえが曾根ヒロトだな。Gボーイズでは奨学金制度を始めようと考えている。この街の有望な若者に、無利子で返済期限のない給付金をだすつもりだ。おまえがこの奨学金制度の第一号になってみる気はあるか。受けるというなら連絡しろ。マコト、いくぞ」

ジャストなタイミングで、ボルボのSUVが滑りこんでくる。肩を叩きあう三人を残し、おれたちは総合体育場を後にした。


「あの奨学金の話、本気なのか」

おれはとなりに座るキングにいった。やつは手ざわりのいい白い革張りのシートにふれていった。

「Gボーイズにはこんな高級車やプレミアのついたスニーカーを買うくらいの金がある。どれもほんとうはくだらない無価値なものだ。敵やメンバー内に力を見せつけるための道具に過ぎない。だったら、そのうちのいくらかを、おれが高校の頃と同じように困ってるガキに流してもかまわないだろう。それともヒロトは奨学金を返さないかな?」

おれはキングから視線をはずして、窓の外を流れ去るグリーン大通りを見ていた。雨あがりの池袋にネオンがにじんできれいだ。

「あいつは歯をくいしばっても、Gボーイズの奨学金を返すさ。何年かかってもさ。自分に続く二番目、三番目のガキの奨学金を守るために」

タカシは満足そうだった。

「なら、いいんだ。マコトは帰って休め。おまえのダットサンはバッテリーを回収して、いつもの駐車場に停めておく。キーは明日届けさせる」

「おまえはどうするんだ?」

「専属のトレーナーがいる。身体の手いれをしてから休む」

この街で無敵でいるのも、きっとすごくたいへんなことなのだろう。おれはうちの店の前で、SUVをおりた。おやすみといい交わして、テールランプを見送った。ふと空を見あげてみる。晴れた秋の夜空に、弱々しい星がいくつか光っていた。贅沢《ぜいたく》はいえない。池袋の夜空はいつだってこんなものだ。だが、その夜は副都心のかすかな星もそれほど悪くなかった。

名無しの通報により、翌日早朝、池袋署の生活安全課は豊島区立総合体育場近くの路上に停車していた黒のニッサン・キャラバン内で、盗まれた電動アシストつき自転車のバッテリー十一台を発見し、三人の容疑者を確保した。余罪を厳しく追及する予定だという。

ヒロトは顔の痣が薄くなるまで、学校とバイトを休んだが、今は元気にカムバックしている。やつのおふくろさんも退院し、時間は短縮してもらったが、元の仕事に復帰したそうだ。やつは今では表の世界では誰も知らないGボーイズの奨学金の給付生だ。キングは自分には逆立ちしてもできなかったことをヒロトに命じた。死ぬ気で勉強しろ。浪人してもいいから、四年制の大学にいけ。まあ、格差の世のなかだから、しごくまともな命令だよな。

だから、ヒロトはサラとのデートの時間を削って、受験勉強に励んでいるらしい。夢はリョウヘイと同じ国立の工業大学だそうだ。

そして、おれとタカシのその後。

一週間ほどして、おれたちはウエストゲートパーク前のプロントで、中野先生と江口紗良といっしょに長いアフタヌーンティを楽しんだ。サラは終始タカシを見て、目がハート型。ヒロトより断然イケメンだそうだ。色紙にタカシのサインを二十枚ほど書いてもらい、学校で売ったらヒロトの進学資金の足しになるかもという。おれもサインをしようかといったが、おれのはいらないそうだ。大衆はつねに真実の価値を知らない。

中野先生は黙ってにこにこと笑いながら、おれたちのバカ話を聞いていた。おれとタカシにロイヤルミルクティを二杯ずつおごってくれる。おれはコーヒー派で、めったに紅茶はのまないのだが、そのときの味は格別だった。池袋駅前の西一番街で育った庶民のおれが、どこかの国の王子にでもなった気分。まあ、いつもキングといっしょなのだから、おれだって実はプリンスみたいなものなんだけどね。

目白フェイクニュース・ライター

誰も彼もが敵をつくって、顔の見えない誰かを攻撃する「憎悪」の時代になったよな。

若者VS老人、男VS女、右VS左、ときにはイヌVSネコとか、欧風カレーVSスパイスカレーなんて調子でね。まあペットやカレーの好みなら、別にどうでもいいかわいい話だが、男と女がおたがいを敵として憎みあっていたら、あと百年で人類は地上からひとりもいなくなる。まあ、人がまったくいない空《から》っぽな池袋も、現代アートみたいで淋しくてカッコいいかもしれないけどね。

今回のおれのクライアントは、その「憎悪」を煽《あお》るでたらめな記事を書くフェイクニュースのライターだった。毎日二、三本ばかり適当な記事を書いて、実働九十分で月収三桁《けた》。おれも危うく、自分でもフェイクニュースを配信しようかと思ったほどだ。だが、恐ろしく強靱《きょうじん》なメンタルがなけりゃ、とてもじゃないがいかれたブログは続けられない。収入は筆一本（ノートパソコン一台）によるものだ。フェイクニュースは見出しが九割という、やつの最近のヒット作はこんな感じ。

「新バイオテロか？　中国で謎の新型肺炎大流行！　抗生物質が効かない！　子どもたちばたば

た倒れる」

「韓国の首都ソウルに大型犬二百万匹を解き放つ！　『犬を喰ってなにが悪い！』　食用犬養殖業者の危険な脅迫」

「シンガポールのドブに捨てた十五兆円！　世界最大ゴーストタウンの奇々怪々」

とまあ、こんな調子。ウクライナ戦争やガザ侵攻は書かないのかと聞いたら、やつの極右ブログでは、東欧や中東の記事は人気がたいしてないらしい。やはり遠いとダメなのだ。ページビューを抜群に稼いでくれるのは、反中反韓がお決まりだという。

読みたいやつがたくさんいるところに向かって、相手の願望をかなえる記事を書く。そういう意味では、やつこそ真のプロフェッショナルなのかもしれない。結果としてネットのなかに「憎悪」をまき散らすことになっても、そいつは貴重な貴重なネット広告という収入源には代えられない。

かくして、やつは今日もフェイクニュースを書き散らす。問題なのは、きちんと取材をして、情報の裏をとった「まっとう」なニュースがまったく稼げないのに、ほとんど嘘ばかりの「フェイク」では大金が稼げてしまうこと。それじゃあ、いつか世界の情報はすべて「フェイク」に乗っとられてしまうかもしれない。生き残るメディアはFだけなんだから。

いや、もうすでに世界の情報は全部、陰謀論&フェイクになっちまったのかも。

ホワイトハウスの地下で子どもの血を吸うリベラルな悪魔が、アメリカ合衆国を陰で動かしている。プーチンはもう死んでいて、生成ＡＩのアンドロイドにすり替わっている。月は宇宙人がつくった人工物で地球侵略の前線基地だ。火星の運河では河童《かっぱ》型火星人が相撲をとっている。

いやはや、おれたちの情報システムは、もう完全に手遅れなのかもしれない。

十二月になったというのに、なんと二十度を記録したその日、おれはブロックチェックのシャツ一枚で目白駅前の広場に立っていた。春の嵐かというくらい強い南風で、古着のシャツの裾《すそ》が旗のように揺れる。毎年の話だが、いかれた陽気だよな。平日の午後二時、駅前に人はまばら。学生は学校に、会社員は会社のなかに、まだ縛られているのだろう。

ぼんやりと改札のほうを見ていると、ライトグレイのパンツスーツを着た女が矢のようにおれに向かってきた。長身、黒い革のブリーフケース。髪はセミロングで、まっすぐで太めの眉《まゆ》と、どこか愛嬌《あいきょう》のある目をしている。

会釈するとグレイスーツの女がいった。

「真島誠さんですね。葛城《かつらぎ》法律事務所の葛城美玲《みれい》です。弁護士をしています。安藤さんから、真島さんのお話はうかがっています」

三十歳にはなっていないくらいの若さなのにすごいな。おれはいった。

「自分の事務所をもってるんだ？」

「いえ、父の事務所に籍をおいているだけです。今回の案件について、移動しながらお話ししませんか」

そういうと、おれの返事を待たずに目白通りを学習院のほうへ歩きだした。クールだ。黒いパンプスのつま先はぴかぴか。

「Gボーイズの法律顧問をしているって聞いたけど」

無表情な顔で、並んで歩くおれをちらりと見た。

「そちらのほうも、担当は父がやっています」

驚いた。この弁護士はどれくらいGボーイズやおれの内情を知っているのだろうか。どこまで話したらいいのか、慎重になったほうがいいかもしれない。

「おれのこと、タカシに推薦されたんだよな」

「はい、わたしも何度か安藤さんとはお話をしたことがありますし、うちの父も実は真島さんのことを高く評価していて、安藤さんと父の両方から薦められました。この手の案件なら、真島さんの力は素晴らしいと」

法曹界《ほうそうかい》でもおれの評判は轟《とどろ》いているようだ。まあ、池袋近辺だけの話だけどね。

「そういえば、敷島《しきしま》さんのブログ読んだよ」

ミレイはわかりますという共犯者の笑みを見せる。

「いつもああいう感じなんですよね。なにか気にいった記事がありましたか」

今回のクライアントがやっている極右（まっとうな保守派）ブログのタイトルは「世界最強ニッポンの誇りタイムス」、売りは反中反韓がメインのフェイクニュースだった。

「うーん、ソウルに食用犬を二百万匹放すってやつかな。なんだか絵柄がおもしろそう」

「わたしも犬を鍋にしてたべなくてもいいと思います」

交差点を右に曲がって、学習院脇の坂道をおりていく。生暖かい向かい風で倒れそう。

「敷島さんって、あのブログのとおりの人なのかな」

おれのイメージは五十代の髪が半分白くなった頑固な保守派オヤジ。ミレイはくすりと笑った。

「いえ、ぜんぜん違いますよ。会えば、すぐわかります。こちらのマンションになります」


そいつはコンクリート打ち放しのデザイナーズ・マンションだった。外側に窓はなく、灰色の巨大なブロックが、学習院裏の緑のなかにどかんと据《す》えられている。要塞か、なにかの秘密実験場みたい。

ミレイが壁に埋めこまれたインターフォンを押すと、相手の声が聞こえた。

「今日はお天気がいいから、中庭で話をしましょう」

意外と若い声。ガラス扉が開いて、おれたちは美術館の廊下みたいなエントランスを抜けた。その先は丸っこいソファが点々とおいてあるロビーだ。奥のガラス壁の向こうは、屋外用のテーブルセットとパラソルがいくつか。

「確かに極右ブログとデザイナーズ・マンションって、結びつかないな」

おれとミレイは日陰のテーブルを選んで腰かけた。中庭をロの字型にとり巻くのは、四階建ての建物だった。窓はすべて中庭に向けてつくられている。住人はよほどプライバシーが大事みたいだ。外側に向いた窓はなかったのに。中庭の四隅にはばかでかい鉢に植えられたソテツ。光がよくまわる中庭は南国のような雰囲気。

ガラス扉を抜けてきたのは、三十代半ばの涼し気な男だった。白い長袖シャツに、ベージュのコットンパンツ。肩には薄手のブルーのセーターをかけていた。このセーターとシャツには見覚えがある。たぶん、こいつのコーディネートは全部ＭＵＪＩ。

「敷島ワタルです。ミネラルウォーター、どうぞ」

爽やかに笑って、ワタルはおれとミレイの前にペットボトルをおいた。

屋外用のアルミチェアに座ると、自分の前にマックブックを開いて、手をたたいた。

「さあ、どこから話したらいいのかな」

この男が反中反韓の極右ブログのライター？　なんだかイメージがぜんぜんあわなかった。「朝まで生テレビ！」でいきなり大声をだすようないかついオヤジを想像していたのに。

ネットの世界は魑魅魍魎《ちみもうりょう》。


「まず最初にいっておきたいんだけど、ぼくは極右ブログをビジネスとしてやっている。ぼく自身は中国も韓国も嫌いじゃないよ。香港と上海には何度か旅行して楽しかったし、韓流のドラマを彼女といっしょに観たりもする。好きなのは『トッケビ』と『ミセン』かな。どちらかというと保守派というよりリベラルなほうだと思う」

そういうと、ワタルはミネラルウォーターをひと口のんだ。おれはあきれて確認する。

「でも、極右ブログをやってるんだ？」

「金のためだ。どんな立派な記事を書いても、極右相手のブログほど稼ぐことはできない。ぼくは真島くんのコラムも読んだよ。『ストリートビート』の昔のやつまでさかのぼってね。ぼくが毎日書いてるフェイクニュースより断然いい文章だ」

ワタルはおれのほうにすこしだけ身を乗りだした。

「あの雑誌の原稿料いくら？」

隠してもしかたない。こいつはマスコミの裏事情にも詳しそう。

「原稿用紙一枚四千円」

「あの分量だと二千字くらい。雑誌は月刊だから、月の原稿収入は二万円。計算あってる？」

おれは黙ってうなずいた。おれのコラムは長期連載で、それなりに人気もあるようだが、別に本になる訳ではないから、書き放しで別の収入は生まないのだ。

「ぼくは週だいたい十本の記事をアップする。ひとつにつき千字くらいだ。月四万字のニュースを書いて、ブログからあがるネットの広告料は三桁を記録する」

「三桁って百万のこと？」

横からミレイが口をはさんだ。

「普通はそうでしょうね」

ワタルが軽く肩をすくめた。おれの頭は猛烈に回転していた。毎日二千字ずつ書くだけで、月に百万以上稼げるなんて、夢みたいな仕事だ。

「でも、ネタ探しだってタイヘンだよね。ウイークデイは毎日二本ずつだ」

おれは月一回のコラムのネタを探すだけでも、地獄のような苦しみ。

「いや、ぜんぜん困らないよ。あちこちのニュースサイトに転がってるいつものネタでいいんだ。うちのブログで受けるのは、反中反韓、反ＬＧＢＴ、反ポリコレといったあたりなんだ。その手の記事なら、毎日泡のように湧いてくる」

ミレイがいった。

「フェミニストが日本を滅ぼすとか、トランスジェンダーが子どもを襲ったとか、その手の記事ですね」

「葛城さんは気を悪くしないで。そのあたりに極右ブログの鉱脈があるってだけの話だから。真島くんだって、その気になればすぐに極右ブログできると思うよ」

収入が五十倍になる話だった。すこしだけだが、おれの心が動いた。

「真島くんのコラムが好きだから、今回は無料で特別にフェイクニュースの書きかたのコツを教えるよ。まず核になるニュースは真実でなくちゃいけない。例えば、中国でマイコプラズマ肺炎が流行している。子どもたちのあいだでね。で、薬が足らない。こういうのをどこかのニュースサイトから拾ってくる。あとは材料をふくらませるんだ」

「なるほど」

おれは明るい午後の中庭に目をやった。仕事の依頼でフェイクニュースのコツを伝授される。現代だ。

「続きはかんたんだよね。コロナが中国産の生物兵器だとにおわせながら、マイコプラズマの脅威を拡大してやればいい。子どもなら誰でも一度はかかるありふれた病気だけど、実際に抗生物質が効きにくいというんだから。二度目のスピルオーバー、中国発の二度目の謎の肺炎。世界よ、注意しろ。そんな感じだ。むずかしくないだろ」

確かにそう困難ではなさそうだった。おれにでもできそう。

「表現はお決まりでいいんだ?」

「というより定型にうまくはまったときが、一番ページビューを稼ぐんだよ。二度目のコロナとか、ソウルの食用犬解放とかね。やつらは悪役で、世界に悪い影響をおよぼす。それがわかりやすく書いてあればそれでいい。でも、さすがに真島くんはコラムニストだけあるね」

なにがさすがなのか、意味がわからない。おれは助けを求めてミレイに視線を向けたが、女弁護士は自分のパソコンを見ていた。

「記事の書きかたや文章のよしあしなんて、フェイクニュースを見るような人間には関係ないんだ。だいたい半分以上が、千字もある記事の本文なんて読んでないんだよ。フェイクニュースは見出しが九割。うまい見出しさえつけられたら、あとは適当でだいじょうぶ」

おれはため息をつきそうだった。

「そういうことなんだ……」

つい禁句を口にしそうになって、唇を嚙んだ。あんたにも予想はつくよな。いってはならない質問はひとつだ。それで空《むな》しくならないか？　その代わりにおれは聞いていた。

「どうしてフェイクニュースを書こうと思ったの？」


ワタルは冬の陽があたるやけにあたたかな中庭に目をそらした。まだ新しいし、きっと名のある建築家の設計だろう。学習院裏で目白駅から五分ほどと立地も抜群。きっと家賃もそれなりだ。

「ぼくは以前、ネットニュースの配信会社で働いていたんだ。今もあるところだけどね。そこではどんなニュースがページビューを稼ぐか、すぐに調べられるんだ。端的にいって、日本のネットニュースは下水道みたいなものなんだよ。反中反韓、反ＬＧＢＴ、離婚や不倫の芸能ゴシップ、どうでもいいアニメやゲーム情報。上位にくるのは、その手のニュースとしての価値がまるでないものばかりだった。ページビューを稼ぐものだから、うちの配信でもその手の記事をリコメンドでばんばんと送りだす。上司にもそうしろと命令されていたからね。で、ある日うんざりして気がついた」

ワタルはにこりと笑った。デザイナーズ・マンションの中庭のおしゃれで空虚な笑顔。

「下水の水をペットボトルに詰めるだけで、これほど稼げるなら、自分で書いて配信すればいい。どうせ、誰も身体にいいミネラルウォーターなんて求めてないんだ。汚くて臭いほうをありがたがるのさ」

ワタルの話を聞いて、ようやくおれがフェイクニュースを書かない理由がわかった。おれ自身はそこまで世界に絶望していないのだ。あれこれと理屈をつけても、ワタルはあまり楽しそうじゃないしな。

「ライター同士のお話は、そろそろいいでしょうか。真島さんへの依頼の件をレクチャーしないといけませんから」

ミレイはそういうと、自分のパソコンをくるりと回し、おれのほうに向けた。

「事案の発端はこの動画にあります」

ユーチューブのいつもの画面には、顔にモザイクをかけられたワタルらしき人物が映っている。

場所はどこかのカフェのようだ。声もグラフィックイコライザーで変調がかけてある。カラオケを歌い過ぎたアヒルのような声で、モザイク・ワタルがいった。

「いや、ぼくはぜんぜん極右でも反中でもありませんよ。フェイクニュースはすべて嘘っぱちで、ただ金のために書いているだけです。どうせみんな見出ししか読んでないし、ニュースに内容なんてないですよ」

今、聞いたばかりのような話をしている。おれはいった。

「これはなんなんだ？」

ミレイがまったく無感情にいう。

「テレビのフリーディレクターが個人でやってるチャンネル。変わった職業の人にインタビューして、どんな仕事内容なのか聞いてるの。敷島さんの前の出演者はＡＶギャルや風俗の腕利きスカウトだった」

「あー、その手のやつか」

きっとチャンネルをさらにさかのぼると、オレオレ詐欺の名簿屋とか出し子、住宅リフォームの悪質な営業とかが顔を隠して登場していたはずだ。アンダーグラウンドの職業一覧である。ワルの話は確かに再生回数を稼ぎそう。おれはいった。

「こいつになんの問題があるのかな。ちゃんと顔も声も隠れているしさ」

ミレイがちらりとワタルに目をやった。生徒のいたずらを注意する女性教師って感じ。

「ネットには特定班というのがいます。ＳＮＳの画像や動画から、その場所や時間を特定して、顔を隠していても、それが誰であるか推測する。このユーチューブを見て、ビジネスとして極右ブログを運営している謎の人物Xが誰かを、腕のいい特定班が見つけだした。敷島さん、このカフェ、どこでしたっけ？」

困ったように笑って、ワタルがいった。

「目白駅前にある『アモローソ』。取材のために遠くにいくのが面倒で、いつもいくカフェを指定しちゃったんだよね」

危機感のないフェイクニュース・ライター。

「誰が特定したか、わかってるのか」

ワタルはそ知らぬ顔。代わりにミレイがいった。

「わかっていないの。フェイクニュースに怒ってる左の人たちか、お金のために極右ブログを運営していることに腹を立てた右の人たちか、まったく予想もつかない」

「そうか、左右両方からおしかりを受けてるって状態なんだな。炎上はしたの？」

平然とワタルがいった。

「したよ。それなりには」

余裕の表情。なんだかよくわからない話。

「どうやって切り抜けたんだ？」

「いつもの手だよ。二、三週間もすれば、どんな炎上もだいたい収まる。そのあいだは徹底的に架空の敵をつくって、攻撃し続ければいいんだ。共産中国から経済的な支援を受けている旧メディアやディープステートの悪魔に支配されたリベラル派のいいがかりだってね。批判をまともに受けとめて、弁明なんてする必要はない。トランプ前大統領もそうしてたね」

ネットのトラブルにかんしては、ワタルのほうがおれより断然上手《うわて》のようだった。

「じゃあ、なんの問題もないじゃないか。依然として、敷島さんのブログは三桁の収益をあげているんだろ」

フェイクニュース・ライターと女弁護士が顔を見あわせた。ミレイはブリーフケースからジップロックに入った封筒をとりだした。

「これがここのマンションの郵便受けに入れられていた」

おれはビニールを透かして封筒の差出人を確かめようとした。なにも書いていない真っ白な封筒だった。

「誰かが自分の足で、こいつをマンションまで投函にきた」

「そういうこと。その封筒となかの手紙をうちのほうで調べてみたけど、敷島さん以外の指紋は出てこなかった」

どうやら相手は本気のようだ。ミレイはまたブリーフケースからなにかとりだした。おれのほうに滑らせる。クリアファイルには手紙と写真のコピーが一枚ずつ。

「えーっと、敷島ワタル、夜道を歩くときは気をつけろ。おまえの彼女もな。おまえのインチキ愛国ブログは必ず潰してやる」

定規で引いたような角がすべて直角になった太めのサインペンの手書き文字だった。メッセージはシンプルそのもの。写真のカラーコピーのほうに目をやった。さっき通ったエントランスのところで、インターフォンの操作盤を押す若い女性が写っている。バストアップの写真で、横顔はなかなかの美人。たぶんスマホで撮ったものだろう。粒子が粗いのはコピーだけのせいではないようだ。ワタルがいった。

「彼女はぼくの婚約者で、椎葉小晴《しいばこはる》さん。昔勤めていたネットニュース会社の同僚だった。うちのブログとはまったく無関係なんだ。彼女を狙うというのは卑怯《ひきょう》極まりないし、ぼくには理解できない。普通、狙うなら、ぼくのほうだ」

いくらネットの強者《つわもの》でも将来の嫁さんを狙われたら、お手上げということか。ミレイはジップロックをブリーフケースにしまった。

「この脅迫文を目白警察署に提出するかどうか、敷島さんと思案中です。警察沙汰になれば、どこかから情報が漏れて、再び炎上が起こるかもしれない。今度は簡単に火消しはできない可能性もある。しばらくは身辺に注意しながら、相手の出方を見てみようということになりました」

「そういうことかあ……」

ようやく話の全体像が見えてきた。ネットのなかだけの口喧嘩《げんか》ではなかったのだ。確かにストリートの地味でいやらしい犯罪は、おれの専門分野。頭脳明晰《めいせき》な名探偵のように天才的な連続殺人犯（レクター博士！）を捕まえることはないが、池袋の街にはご清潔な名探偵では手が出せない悪臭を放つトラブルが山積みになっている。まあ、池袋警察署の管轄内でおおきな殺人事件なんて、何年かに一度だからな。そもそも探偵の出番がないんだが。

「それと、これも」

ミレイは新たな写真をさしだした。中肉中背の若い男だった。黒いキャップにサングラス。なんの特徴もない黒のジャージの上下。ロゴもブランド名もついてない。

「こちらのほうはマンションの防犯カメラの映像なの。三日前の午後十時半過ぎ。その男が封筒を敷島さんのポストに入れた」

サングラスの男が防犯カメラを見あげていた。黒いレンズ越しに目があった気がする。どうも嫌な感じ。

「これで、わたしたちがもっている情報は、ほぼすべて真島さんに渡した。なんとかこの男を見つけだして、脅迫をとめてほしい」

「ちょっと待ってくれ。依頼はわかったけど、おれの身体はひとつだし、そのあいだ敷島さんの身の安全はどうするんだ？」

ミレイが腕時計に目をやった。カルティエのタンク フランセーズ。

「そろそろくると思うんだけど」

同時にワタルが立ちあがり、中庭からエントランスに向かった。


いくときはひとりだったが、帰りはふたり。おれのよく知ってる顔。池袋の影の国の王様、Gボーイズのキング、安藤崇だった。やつは音声案内のように無感情な声でいう。

「三十分でレクチャー済んだのか？　マコトはものわかりが遅いところがあるからな。もうすこし時間が必要なら、すこし散歩してくるが」

嫌味な王様。おれは反射的にいった。

「遅すぎて待ちくたびれたところだ。さっさと座れよ」

ワタルは興味深そうにおれたちを見ていた。極右ブログの記事には、とてもできないだろうけど。ミレイがいった。

「安藤さんのチームには、とりあえず二週間後のクリスマスまで、敷島さんの警護をお願いしています。真島さんにシステムをレクしてください」

なんだかレクチャーが好きな弁護士。お役所とか法曹界って、みんなこうなのかな。タカシは春みたいな十二月に、ひとり零度の北風を吹かせる。

「このマンションの保安体制は悪くない。部屋の扉には新たに内鍵をつけたし、荷物の受けとりは宅配ボックスだけにした。マンション内部はまず問題ないだろう。外出のときだけ、あらかじめ連絡をもらい、うちのチームの人間をふたりつけるようにする」

Gボーイズのガードシステムとしては、最低限のマンパワーだった。タカシはあまりこの事案に乗り気ではないのだろうか。おれはいった。

「婚約者のほうはどうするんだ？」

ミレイがタカシから、おれに視線を移した。

「こういう事案では、相手がよほど壊れた凶悪犯でなければ、目標周辺の人物に手を出すことはめずらしいの。予算の都合もあるしね。椎葉さんには身辺を注意して、あまり出歩かないように伝えてあります」

タカシは涼しい顔でいう。

「強力な防犯ブザーとトウガラシスプレー、それにGボーイズのホットラインの番号を渡してある。なにかあれば駆けつける。何時《いつ》でも、どこでも」

そういうことか。まあ、ボディガードはおれの仕事じゃない。タカシにまかせておいたほうがいい。ワタルが妙なことをいう。

「ふたりはどういう関係なのかな？　なんだかひどく親しそうだけど」

キングは眉をひそめて、ちいさく首を横に振った。おれは補足してやる。

「昔からのつきあいだ。腐れ縁ってやつだな。同じ工業高校だったし。おたがいなんでも知ってる。表に出せないヤバい筋の話も。そうだよな、タカシ？」

タカシの表情はまったく変わらないが、長いつきあいのおれにはかすかな嫌悪感がわかった。恥ずかしがり屋なのだ。

「ノーコメント」

ミレイが最後にいった。

「ということで、これからクリスマスまでの二週間、クライアントである敷島さんの安全を確保し、そのあいだに脅迫犯があきらめるかその正体を突きとめることを、この案件の目標にします。わたしとしては前者のほうが好ましいと考えています。なにごともなければ、それがベストですから。真島さんへの謝礼については、のちほどお話しさせてください」

おれはちいさく右手をあげた。

「おれはだいたい金をもらわないことが多いんだ。プロの探偵じゃないし、必ず敵を見つけられるわけでもない。それでもよければ、手伝わせてもらうよ」

ワタルが驚いた顔をした。

「報酬はほんとにいらないの？　真島くんはただのボランティアなのか」

そういわれると、なにか違うような気もしてくる。どう返事をしようか迷っていると、タカシがいった。

「敷島さん、金のために働くやつがいれば、金のためには働かないやつもいる。ネットではなく、こっちの世界じゃ、それはよくあることじゃないか。マコトはいつも同じだ」

ワタルは腕を組んでうなるようにいった。

「うーん、わかった。真島くんの厚意に甘えさせてもらう。その代わりといってはなんだけど、この件が終わったら取材をさせてもらえないかな。ぼくは極右ブログのほかに、自分の本音だけを書いてる別なブログもやってるんだ。そっちのほうのページビューは百分の一くらいなんだけどね。そこで真島くんの記事を書きたいんだ。取材費はちゃんと払うから、インタビューをさせてください」

いったいどういう展開なんだ。フェイクニュース・ライターの脅迫犯を見つける依頼をされて、なぜか人生初のインタビューを申しこまれた。ワタルがなぜか手をさしだしてきた。

「約束だ、握手をしてくれ」

うーん、外国人かアニメの主人公みたい。今どきの極右ブログの書き手って、みんなこんな感じなのかな。おれはしかたなく握手した。やわらかであたたかい手。タカシが隠すことなくニヤついている。腹が立つ王様。


握手のあとで、おれはいった。

「炎上したとき、敷島さんのブログに届いた嫌がらせのコメントをすべてもらえないか。何通くらいきたのかな」

　ワタルはあっさりという。

「二千二百通とすこし。いますぐファイルで送ろうか」

「いや、プリントアウトして、うちの店にバイク便を出してくれ」

　おれはプリンターをもっていなかった。コンビニで百枚単位のプリントをするなんて馬鹿らしいからな。タカシがワタルにいった。

「今夜は七時から、赤坂見《あかさかみ》附《つけ》で飲み会でいいんだな。彼女も同席する」

「うん、それであってる。昔の会社の同僚との飲み会なんだ」

　そういうと、ワタルはおれとタカシを交互に見た。

「今夜のいい土産《みやげ》話ができたよ。池袋のアンダーグラウンドのトップと無給で働く腕利きのトラブルシューター。王様と吟遊詩《ぎんゆうし》人《じん》のコンビみたいじゃないか」

　フェイクニュース・ライターの顔は明るい。とても差出人のない脅迫状を受けとって四日目とは思えなかった。


　帰りはGボーイズのSUVで池袋西口まで送ってもらった。明治通りを北上するボルボのなかでキングがいった。

「あの男、どう思った？」

　握手したときのやわらかい手を思いだした。

「すれてないお坊ちゃん。悪いやつじゃないけど、モラルはぜんぜんないな」

タカシはゆるやかな上り坂の先を見つめていた。右手に業務用スーパーが見える。

「おれはやつの極右ブログを読んでみた。ページビューは五十万を超えていたが、マコトのコラムとは比較にならない。クズみたいな文章だ」

おれが書いてる雑誌の部数の二十倍以上の数字だった。それは月に三桁稼ぐはずだ。

「そうなんだ。でも、おれ、あいつから極右ブログの書きかたを聞いて、ちょっとぐらついたよ。文章だけで百万なんて夢みたいだからな」

タカシはおれのほうを見て、にやりと笑った。

「だが、おまえはやらない。やつは見た目は上品だが、人間が下品だ。マコトと反対だな。おまえは人間は悪くないが、見た目が下品だからな」

おれが着てる古着のブロックチェックシャツを見ながら、キングがそういった。運転席のGボーイの肩が震えていた。笑いをこらえているらしい。

「いつか革命がおこるからな。吟遊詩人にもすこし気をつかえ」

キングは鼻でわらっていった。

「今回はGボーイズで世話になってる葛城のおやじさんからの頼みだから引き受けた。おれとしては、あまり気がすすまない。マコトも適当に動いた振りでもしておけ。敷島ワタルも、やつのブログも、心底どうでもいい」

そういうことか。タカシが中庭でやけに冷笑的だったことにも理由があったのだ。キングはいう。

「だいたいやつの本名は敷島じゃない。旧日本軍的な苗字が極右ブログでは受けがいいといって、適当につけたペンネームだ」

今度はおれが肩をすくめる番。明治通りでは池袋駅近くの渋滞が始まった。

「わかるよ。『ゴジラマイナスワン』の主人公と同じ苗字だもんな。でも、一度受けた仕事だから、おれはおれなりにがんばってみる」

同じライター稼業だからなのかわからない。けれど、おれはタカシほどワタルを嫌いではなかった。まあ、なんというか「いい加減」なところが、ライターには必要なのだ。

誰もが正しいことばかり書いていたら、世界が息苦しくなる。

おれは極右も極左も苦手だが、やつらが好きなようにでたらめなフェイクニュースを書くのを、別にとめたいとは思わなかった。どんなに下品でも、おれたちにはフェイクとエンターテインメントが必要なのだ。

おれが店番をしていた午後六時、バイク便が届いた。

ずしりと重たい大判の封筒のなかには、コピー用紙で二百枚を超える炎上コメントがぎっしり。全二千二百六十四件。果物屋の店番という肉体労働を終えたあとで、これを全部チェックしないといけないのだ。目の前が暗くなる。

西一番街の街灯につけられたスピーカーからは、耳タコになったクリスマスソングが暖冬の街に流れていた。あの能天気な曲の数々。おれは店を閉めてから、自分の部屋にこもり、反動でうーんと暗い音楽を聴きたくなった。

CDでショスタコーヴィチの弦楽四重奏全十五曲をエンドレスでかけていく。こんな深刻で重たい曲を十五も書くなんてすごいよな。作曲家はソヴィエト政府の高官にパトロンがいて、スターリンの大粛清《しゅくせい》下でも比較的安全だったというが、曲調には独裁の影がさしているとおれは思う。

すべての富をみんなで平等に分けあう。共産主義の理念は素晴らしいのだが、その結果生まれるのが判で押したように一党独裁と専制的な指導者というのは、なぜなんだろうか。共産主義がこのジレンマを乗り越えられない限り、スペンサーの社会進化論なんていつまでたっても夢物語だよな。

ショスタコーヴィチの陰鬱《いんうつ》なアダージョを聴きながら、おれは赤ペンを片手に猛烈な勢いで、炎上コメントを処理していった。たいていのやつは通りすがりに一度だけ悪口をはいていく。散歩中の犬が手頃な電柱を見つけたようなものだ。小便をかけてすっきりしたら、もうあとを振返ることもない。

だが、なかにはしつこく絡んでくるやつもいた。なんというか粘着的で、言葉づかいもかなりきつい。とくに上位三組は書きこみ数が三十を超えていた。たいていのやつは、多くても七、八コメントだから、罵詈雑言《ばりぞうごん》のメダリストは悪口のコメントでも抜群のスタミナを有していた。

一位のペンネームは「大詔奉戴日《たいしょうほうたいび》」。おれには意味がわからなかったが、その昔、大東亜戦争が開戦した十二月八日を記念して、毎月八日が大詔奉戴日に指定されたのだという。早起きして日の丸を揚げ、宮城《きゅうじょう》（皇居）を遥拝《ようはい》する。そのあとは近くの神社へいき、戦勝祈願をするのだ。外地で戦う兵隊さんの苦労を分かちあうという理由で、大人は終日禁酒禁煙。食事は朝と夜は一汁一菜、昼は梅干しひとつの日の丸弁当に決められていた。すごいよな、戦時下のニッポンって。そんなの守ることないじゃないか、本人の勝手だし誰も見てないだろ、なんて理屈は通用しない。国民の義務なので、さぼることなどできないのだ。違反すれば厳しい制裁があった。

ペンネーム大詔奉戴日が書くコメントは、敷島ワタルの極右ブログへの悪口だけでなく、上記のような歴史的な知識も豊富で、読みものとしてもなかなかおもしろかった。毎月八日は日の丸弁当なんて、誰も知らないもんな。やつのコメント数は断トツの六十九件。

ついで二番目は「必勝歌《ひっしょうか》」。こちらもおれがぜんぜん知らない戦時中の国策映画らしい。なかなかのタイトルだよな。ただし、こいつのコメントは短くて、「敷島ワタル死ね！」が連呼されるだけで、たいした芸がなかった。頭の弱い右サイドのおじさんという感じ。コメント数は四十八件。

そして最後がペンネームなしの「名無し」だ。コメント数はぐっと減って三十三件なのだが、問題は内容だった。「夜道を歩くときは気をつけろ」「家族の心配も忘れるな」、脅迫文の文章と似ているし、なにより家族（あるいは彼女）への言及があった。直接的な暴力を暗示する言葉も頻繁につかわれている。

明けがたになって、なんとか二千件を超えるコメントを片づけた。目が乾いて、頭がうっすらと痛む。ショスタコーヴィチのカルテットはたぶん三周目のどこか。窓の外が明るくなって、池袋西一番街に早起きなカラスの鳴き声が響くころ、おれは倒れるように眠りに就いた。

つぎの日、おれは三組分のコメントをコピーして、東池袋のデニーズにいった。依然として北東京イチのハッカーの座に君臨するゼロワンに会うためだ。街はクリスマスでも、ゼロワンは奥の窓際のボックスシートから動かない。やつのスキンヘッドにはチタンのインプラントがふたつ。まあ栄養不足のゴブリンみたいな雰囲気。

　おれが敷島ワタルの脅迫事案についてレクしてるあいだ、やつは遅い昼飯だといってパンケーキをたべていた。変わったやつ。

「それで、マコトはその三組が怪しいと考えたんだな」

　ゼロワンはガス漏れみたいにかすれたしゅーしゅー声でそういった。

「そうだ。おまえなら、このコメントの送信元がわかるかもしれないと思ってさ。ネットには特定班というのがいるんだろ。でも、ネットで謎の誰かを特定するなら、ゼロワンより腕のいいやつはまずいない」

　これから仕事を頼むので、だいぶおだてておいた。

「で、報酬は？」

「いつもの額でいい。タカシといっしょに動いてる。やつのほうにつけてくれ」

　ゼロワンは不思議そうな顔をした。

「いいだろう。かなり高額になっても、マコトからの仕事のギャラには文句をいわずに、いつも払ってくれる。案外タカシはおまえのことを買ってるんだな」

「だけどさ、こんなコメントのコピーからでも、身元をたどれるのか」

　やつはシロップと溶けたバターがたっぷりとついたパンケーキの切れ端を口に放りこんだ。

「まあ、なんとかな」


「通常の場合は、その手の悪質なコメントの送信元を調べるには、プロバイダに発信者情報開示請求をするんだ。たいていはＳＮＳなんかのコンテンツプロバイダとインターネット接続サービスをしてるアクセスプロバイダの両方に開示請求をする。ＳＮＳとかでは大元の情報をもってないこともあるからな」

　スキンヘッドのハッカーの癖に女弁護士みたいな話しかたをする。

「今回はそういう正規のルートはつかわないんだろ」

「そうだな、マコトがいう特定班と似てるかもしれない。元のコメントが三十以上もあるなら、けっこうな情報量だ。すこしずつ輪を縮めて、探っていく。その手の間抜けは悪口を書くときは身元を隠すが、そうでないところで『いいね』をつけたり、ファンコメントをするときは、オープンなことが多いんだ。すでにトラップをしかけてあるプロバイダの情報を重ねると、送信者があぶりだされてくるという感じだな。まあ、百パーセントとはいかないが、三日ばかり時間をくれ。調べてみる」

　不安そうに仕事を受けるときのゼロワンの成功率は、逆に百パーセントだった。

「ありがとう。恩にきるよ。ところでさ、紙みたいに皮が薄い愛媛みかんいらないか。ものすごく甘いぞ」

ゼロワンは夢見るような目で、窓の外のサンシャイン60を見あげた。

「悪くないな。二キロばかり頼む」

「フルーツなら、売るほどあるから、まかせとけ。ダンボールでもってくるさ」

おれはデニーズを出て、陽気であたたかな十二月の街をのんびり歩いた。これでしばらくやることもない。ホワイト・クリスマスって、仕事が順調なときにはいい曲だよな。


店番をしていた夕方、タカシに電話を入れた。取次が出て、すぐに代わる。

「タカシ、クリスマスの予定は？」

冷凍庫から漏れる冷気のような声。

「おれのイブのスケジュールを知りたくて電話したのか」

とりつく島がない王様。

「いや、例の炎上コメントの送信元を割るために、ゼロワンをつかった。それをいっておこうと思って。ギャラはGボーイズにつけてくれといってある」

霜柱のように乾いたひと言。

「わかった」

「そういえば、ゼロワンがいってたぞ。おれ絡みの仕事では、いくら高くてもタカシは文句をいわずにギャラを支払ってくれるって」

　無音が続いた。

「……」

　いきなりガチャ切りされてしまう。大人がこんなことをするなんて。タカシには王の威厳というものが足りない。おれはにやにやしながら、スマートフォンをジーンズの尻ポケットにしまった。


　ミレイには毎日、報告の電話を入れることになっていた。ハッカーに炎上コメントの三組の身元捜しを頼んだと告げると、女弁護士はいう。

「さすがに慣れてますね。真島さんさえよろしければ、うちの事務所の調査員を非常勤でやりませんか。うちの代表は安藤さんから真島さんの活躍を、あれこれと聞いて、いつかお会いしたいといっています。こちらの業界では、それなりに力のある人なので、決して損にはならないと思いますが」

　なんだか気がすすまない。おれはとにかく有力者というのが苦手。偉い人とはなるべくお知りあいにならずに生きていきたい。

「うん、じゃあ、この件が終わったら、いつかね。敷島さんは変わりない？」

　ミレイが短く笑った。

「ええ、毎日きちんと二本フェイクニュースを書いてますよ。でも、おもしろいんですけど、今度自分の代表作を書くって、腕まくりをしてるようです。テーマがなにか想像つきますか」

　嫌な予感がした。

「……もしかして、おれ？」

「ええ、真島さんと安藤さん。池袋の街をめぐる一大サーガになると、本人はいってますけど。どうでしょうね。真島さんにも安藤さんにも、人にはいえないことがかなりあるんじゃないんですか。父のクライアントには羽沢《はざわ》組の氷高さんもおりますし」

　葛城法律事務所というのは、池袋のアンダーグラウンド御用達らしい。ますます代表と会うのは気がすすまなくなった。

「タカシはともかく、おれのほうはそんなに危ない秘密はないよ。困ってる人をちょっと助ける。営利目的はない。普段はただの果物屋の店番だからな。あまりおかしなことを考えないでくれ。おれたちと長いつきあいをしたければな」

　ミレイがわざとらしく笑い声をあげた。

「わかりました。ご忠告ありがとうございます。敷島さんの件、よろしくお願いします」

　うーん、タカシのつぎに相手をしにくい女。電話って、なぜか嫌な相手にばかりかけるはめになるよな。池袋のマーフィーの法則だ。


　ゼロワンの調査は三日ではなく、二日で終了した。

　おれは五キロ入りの最高級愛媛みかんのダンボールを小脇に抱え、通い慣れたグリーン大通りを歩いていた。今年の冬の女たちはミニスカートやショートパンツが多い。生足って愛媛みかん並みに輝いてるよな。

　前回と同じボックスシートで、ゼロワンがいう。

「三件中、送信元が判明したのは二件だ」

　おれのほうにプリントアウトを滑らせる。ガス漏れ声でいう。

「まず『必勝歌』からだ。本名は落合繁斗《おちあいしげと》、十七歳の高校生だ。茨城の県立高校の普通科に通っている」

　おれはペーパーを見た。顔写真は中学の卒業アルバムだろうか。黒ぶちメガネをかけた癖の強そうな顔。

「……ああ、高校生か」

　ゼロワンの自動音声案内のような報告が続いた。

「このガキはあちこちのサイトにいっては、誰彼かまわずケンカを売る通り魔みたいなやつだ。自分では愛国者だといっている。好きなアイドルグループがいるんだが、ライバルの公式サイトにめちゃくちゃなヘイトコメントを山ほど書いて、出入り禁止になってる。成績は……そうだな、よくも悪くもない。平凡だな」

　おれはプリントアウトをファミリーレストランのテーブルにおいた。

「こいつが金を払って、脅迫状を届けさせたとは、とても思えないな。東京まできて張りこみをして、婚約者の写真を盗撮したり。地方の高校生にはかなり難易度が高いよ」

　ゼロワンは無表情に軽くうなずいた。額の角度が変わって、角《つの》がすこし尖《とが》って見えた。

「そしてつぎが『名無し』だ。山岸康弘《やまぎしやすひろ》、四十二歳、独身。会社員だ。新宿にある店舗設計の会社に勤務。住所は高円寺《こうえんじ》」

まったく印象に残らない顔立ちだった。コメントにあったような暴力的な雰囲気もない。ポケットが三十くらいついたフィッシングベストを着て、高級そうな釣竿をもっているが、顔はまるで笑っていない。

「やつの趣味は、釣りと野球観戦。熱狂的なオリックスファンだ。今は東京で暮らしているが、神戸生まれなんだな。フェイスブックにはその手の話題しかあげていない。隠れネット右翼という感じだ」

高円寺か。池袋からもさして遠くない。ちょっと足を延ばしてみるか。ゼロワンが最後のプリントアウトをくれた。これまでの二名分はペラ一枚だが、こちらは何枚かクリップでとめてある。

「そして問題は、こいつだ。『大詔奉戴日』。あれこれと調べたが、身元はわからなかった。つぎのページを見てくれ」

ぎっしりと二十行以上も、ネットカフェの名前が並んでいた。

「こいつは自宅のパソコンからSNSにアクセスして、悪口コメントを書き散らすような間抜けじゃない。一軒のネットカフェで三件ずつ敷島ワタルへのヘイトメールを送り、また別の店に移動している。山手線沿線のいろいろな駅で、二十三軒のネットカフェにいっている」

三かける二十三で計六十九通の炎上コメントか。

「執念深くて、慎重なやつだな」

ゼロワンのガス漏れ声は続く。

「おれに調べられるのは、いつ、どこのネットカフェから、敷島ワタルにヘイトコメントが送られたかというところまでだ。警察なら、この情報をもとに、その時間店にきていた客の情報をすべて開示させられるが、おれたちには無理だ」

おれは気分が悪くなるような一覧表を眺めていた。

「ネットカフェのパソコンには侵入できないかな」

ゼロワンがため息をついた。しゅーしゅー。

「できるさ。だが、たいていのネットカフェは零細《れいさい》企業でな、こいつはその手の裏事情にも詳しいようだ。大手のチェーンは一軒もつかっていない」

「どういうこと?」

「ネットカフェでは身分証の提示が求められるが、ちいさな店ではコピーをとってファイルに綴《と》じて終わりなんだ。すべてアナログなままだ。そっちには、おれは手を出せない」

なるほど、かなりの知能犯だった。もっともこいつが敷島ワタルを脅迫していたのかは、まだ確かではない。

「わかった。ありがとな。茨城の高校生は放っておいて、高円寺の釣り好きなおっさんのほうは、じかに当たってみるよ」

おれは「名無し」の住所と勤務先の書かれたペーパーに目をやった。こういう普通の男がヘイトコメントを量産しているのだ。人は見た目じゃわからない。

部屋に帰ると、おれは「名無し」のヘイトコメントを大判の封筒に入れた。簡単な文面の手紙をつける。送り主は架空の法律事務所だった。池袋西一番法律事務所。うーん果物屋よりもかっこいい。

あなたが敷島ワタル氏のブログに寄せた大量のコメントで敷島氏は深く傷つき、名誉《めいよ》棄損《きそん》と脅迫により警察へ刑事告訴する可能性があります。弁明の席をさしあげますので、必ずいらしてください。こない場合は刑事告訴の手続きをすすめ、あなたの勤務先の全部署にこのコメントを送付します、とかなんとか。

待ちあわせの日時は、二日後の夜七時、東武デパートのフルーツパーラーにした。こちらもひとりだから、衆人環視《しゅうじんかんし》のほうが安全だし、なによりあの店のメロンジュースはうまいのだ。まあどうせ「名無し」のおごりだから、フレンチのフルコースでもよかったんだけどね。


おれは指定の時間の五分過ぎに、フルーツパーラーに入店した。女性客がほとんどの店内に、ほぼ中腰でそわそわと居心地悪そうにしている男がいる。明るいフロアに、ひとりだけかちっとした黒いスーツ。法廷に立つ被告人は裁判員や裁判官の印象をすこしでもよくするために、白シャツと黒のスーツがお決まりだというよな。「名無し」こと山岸康弘のスーツもそんな感じだった。

「お待たせしました」

おれはそう声をかけて、ヤマギシの正面の席に座った。驚きの表情。法律事務所の人間がくると思っていたら、革ジャンを着た店番がきたのだから、当然だよな。ヤマギシは頭をさげてからいった。

「池袋西一番法律事務所のかたですか」

「ああ、そこの調査員で横山礼一郎といいます。非常勤なので、名刺を切らしていて失礼」

池袋署の署長の名前を借りておいた。ヤマギシはもう一度、今度はテーブルに額がつくくらい深々と頭をさげた。

「心から反省しています。どうしたら、法的な手続きにいかないよう穏便に済ませられるでしょうか」

どうやらこいつは脅迫犯ではないらしい。だが、疑いは完全にはらしておかなければいけない。おれはクリアファイルに入った脅迫文をさしだした。

「ヤマギシさんのコメントに、よく似た脅迫状が敷島ワタル氏のところに届いています」

四十二歳の会社員がファイルを手にとった。おれはやつの顔に全神経を集中させて見つめていた。嘘をついているかどうか。ヤマギシは生え際《はえぎわ》の後退した額から、玉のような汗を垂らしている。

「……脅迫状ですか……そんな……わたしが、そんなこと……するはずが……」

どうやらシロのようだが、もうひとつ鎌をかけてみる。

「その脅迫状は郵送ではなく、直接敷島氏の住まいに届けられています。その脅迫状だけでなく、敷島氏の母親の写真も同封されていて、母親へも危害を加えるという悪質なものでした。ヤマギシさんはそのペーパーに見覚えがありますか」

汗を散らしながら、ヤマギシは首を横に振った。

「……あるはずがないです……コメントは強がっていただけで……その……第一、敷島さんのお母さん……いえ、お母様に危害を加えるなんて、想像したこともありません……です」

実際の写真は婚約者だった。犯人なら当然知っている情報を、この男は知らない。

ヤマギシはシロだ。最後におれはいった。

「どうやら、ヤマギシさんは脅迫犯ではなかったようですね。謝罪の意味もこめて、あなたがお書きになった三十三通のコメントの倍、六十六通の謝罪と敷島氏のブログをほめるコメントを書きこんでください。以後ネットでの発言には気をつけるように」

ヤマギシはきょとんとしている。

「あの、コメントを書くだけでいいんですか。それくらいなら、今週中には必ず書きあげて、敷島さんのブログに送ります。ああ、ほんとうによかった」

ヤマギシが初めて手で額の汗をぬぐったとき、おれのスマートフォンが鳴った。キングからだ。

「マコトか。脅迫犯をふたり押さえた。今どこにいる?」

「東武デパートのフルーツパーラー」

一瞬おかしな間が空いた。タカシの声は削りたての氷のように尖っている。

「Gボーイズのクルマを回す。西口のロータリーに出てきてくれ。まさかデートの最中じゃないよな」

「ああ、容疑者のひとりと面談してた」

容疑者というひと言で、ヤマギシがちいさく椅子のうえで跳ねた。通話を切って、おれはメロンジュースをひと口でのみ干した。

「悪いけど、ヤマギシさんがここの店は払っておいてくれ。うちの法律事務所も不景気でね、高級フルーツパーラーの領収書なんて落とせないんだ」

ヤマギシは汗だくでいった。

「もちろんです。ぜひ、お支払いをさせてください」

おれは席を立ちながらいう。

「じゃあ、おれはいくから。賞賛コメント、忘れないでくれよ」


クリスマスのイルミネーションがまばゆい副都心のロータリーで、四分待った。Gボーイズのクルマはガ GMCの横幅が二メートルを超える大型のミニヴァンだった。運転手がひとりだけ。おれは助手席に乗りこんだ。

「どこにいくんだ？」

Gボーイの運転手がいった。

「荒川区、隅田川沿いにあるうちのジャンクヤードです」

いったことのない場所だった。土地勘もない。

「わかった。安全運転で頼む」

交番のすぐ近くなのに巨大なＧＭＣはタイヤを鳴らして発進した。よほど急いでいるみたいだ。おれはジーンズの尻ポケットからスマートフォンを抜いた。タカシの番号を選ぶ。めずらしく取次なしで、キングの声が聞こえた。

「マコト、乗ったか？」

「ああ乗った。おまえのドライバーがでたらめに飛ばしてるんだけど」

タカシは低く笑った。

「三十分以内でこちらに着くように命じてある」

悲鳴がでそうだった。信号無視ぎりぎりで、メタリックグレイのミニヴァンが交差点を駆け抜けていく。

「いったいなにがあったんだ？」

「そうか、まだ話してなかったな。いいか、今日の五時半過ぎ、打ちあわせのため敷島ワタルがマンションを出たところで、ふたり組の男に襲われた。もちろんうちのメンバーが張っていたので、襲撃は未遂で済んでいる。ふたり組のひとりは、あの監視カメラに写っているやつだった。で、ふたりをさらって、ヤードに連れていった」

そういうことか、おれとＧボーイズは同時に動いていたのだ。

「おれも、やつらも、現着している。早くきてくれ、マコトがくるまで訊問《じんもん》を始めないように命じてある」

おれは心配になっていった。

「手荒なことはしてないよな」

「ああ、心配は無用だ。特殊警棒をもったガキだったが、いたって紳士的に扱っている」

「わかった、待っててくれ。すぐにいく」


二十四分でGMCはジャンクヤードに着いた。

十二月の午後七時過ぎという時間を考えると、記録的な速さだった。おれの隣でハンドルを握るGボーイが汗だくだったといえば、どれほど激しい運転だったかわかるはずだ。

その廃車置き場はアルミニウムの板で目隠しされていた。GMCが砂利道を入っていくと、うしろでフェンスが閉められた。事務所だろうか、ヤードの奥にプレハブ小屋が建っている。おれがクルマをおりると、ドライバーがいった。

「あちらでキングがお待ちです」

「ああ、ありがと。すごい運転だったな。タカシにいっておくよ」

にこっと破顔《はがん》して、Gボーイがいった。

「いや、当然ス」

タカシの部下には気もちがいいやつが多い。男も女もな。砂利を踏んでプレハブに入ると、石油ストーブの匂いがした。嫌いじゃない懐かしい匂い。キングは事務机に向かっていた。

「ようやくきたな。おれたちはいいが、あのふたり組にはなかなかつらい一時間だったろうな」

意味不明だ。おれはいった。

「まだなにも聞いてないんだよな」

「そうだ。うちのチームの最高意思決定者がくるまで、待っていろといってある。それから、こいつ」

タカシがさしだしたのは、二枚の運転免許証だった。相沢光喜《あいざわこうき》、二十三歳、住まいは大田区。こいつが配達人のようだ。もう一枚は加山満利《かやまみつとし》。やはり二十三歳、住まいは同じく大田区。ふたりとも目つきが悪い。というより免許更新のとき、よほど嫌な目に遭ったのだろうか。

「おまえのことはうちのボスだといってある。うまく訊問して、すべて吐かせてくれ。さあ、いくぞ」

キングが立ちあがった。プレハブの裏の戸から、さらに二十メートルほどすすむと、廃車の山のあいだに古びたトタン屋根の倉庫が黒々と口を開けていた。奥には旧《ふる》いディーゼルエンジンやトランスミッションなんかが積んである。

気の毒なことに、襲撃犯はそこにいた。裸でパイプ椅子に縛られて。


中肉中背の男と大柄で筋肉質の男だった。目隠しをされている。口にはボールギャグ。ふたりとも口元から胸にかけて、自分の唾液で濡れ光っていた。靴は履いているが、ボクサーブリーフとトランクス一枚の姿だった。頭にはヘッドフォンをつけられている。音楽はなんだろうと、おれは一瞬考えた。タカシが見張りのGボーイに命じた。

「目隠しはそのまま、ヘッドフォンとボールギャグをとってやれ」

脅迫状の配達犯のほうが、すぐに叫んだ。

「……すみません、命だけは助けてください……お願いします、お願いします」

無理もない。いくら暖冬とはいえ、十二月の夜七時過ぎだ。気温はとうにひと桁になっている。裸で一時間以上も、隙間《すきま》風《かぜ》が吹き抜ける倉庫に放置されたらたまらないだろう。タカシはおれをにやりと笑って見るといった。

「うちのボスが到着した。おまえたちに聞きたいことがあるそうだ。ルールはひとつ。嘘をつけば、恐ろしいことが起こる」

見張りのGボーイズは三人いたが、誰ひとり笑顔を見せなかった。タカシだけがやけに愉快そう。おれの顔を見ていう。

「さあ、ボス、お願いします」

困ったことになった。おれはキング役は生まれて初めて。


のどの調子がおかしくて、つい咳《せき》ばらいをしてしまった。できるだけ厳《おごそ》かな声をつくる。

「おまえたちは敷島ワタルが、うちの組織の一員だと知っていたのか」

アイザワがいった。

「いえ、知りませんでした」

「やつに個人的な恨みがあったのか？」

筋肉のほうは首を横に振り、配達人がこたえた。

「いえ、ありません。ネットで依頼されただけなんです。簡単なタタキの仕事だ。すこし痛めつけてくれれば、それでいいって」

はした金で見ず知らずの人間を襲撃するネットの粗暴犯か。

「おまえたちに依頼したのは誰だ?」

アイザワの声は震えている。全身に鳥肌が立っていた。寒さと死の恐怖、どちらのせいだろうか。

「ネットで愛国ブログを書いてるとかいってました。わけのわからない昔の知識をひけらかす嫌味なやつで。大勝とか包帯とか、なんかの記念日みたいな、おかしな名前で」

ネットカフェでヘイトコメントを送ってきた大詔奉戴日だった。敷島ワタルと同じ極右ブログの発信者らしい。

「おれたちを殺すんですか。お願いします。命だけは助けてください。おれには嫁も子どももいるんです」

大柄なほうの男がいった。

「待ってくれ、おれは嫁も子どももいないけど、死にたくない。コウキ、おまえだけ、ずるいぞ」

おれは腹から声を出した。

「静かにしろ」

ぴたりとふたりの裸の男の動きがとまる。軍隊で命令を出すとこんな感じなのかもしれない。

「そいつの名は大詔奉戴日で間違いないな」

アイザワが必死に首を縦に振る。タカシは不思議そうな顔をしていた。無理もない。文化の日や勤労感謝の日とは違うのだ。ほとんどの現代日本人が知らない記念日だった。おれはいった。

「金の受け渡しはどうなってる？」

スポークスマンのアイザワがいった。

「半金は振込がありました」

「いくらだ？」

「十万です」

たった十万かける二で、人を襲うのか。この国の未来の治安が心配になる。

「残りの十万は、おれたちが敷島ワタルを襲撃したあと、証拠の写真を向こうの携帯電話に送れば振りこまれる手はずになってます」

「……そうか」

腕組みをして聞いていたタカシがおれのそばに寄ると囁《ささや》いた。

「倉庫の外にこい」

おれはいった。

「ちょっと待ってろ。おまえたちふたりは悪いようにはしない」

ついおれの優しさが出てしまった。ネットの粗暴犯でもいつまでも死の恐怖を味わわせるのは、好きじゃないからな。


たっぷりとしたモスグリーンのクリスマスカラーのコートを着たキングはいう。

「タイショウホウタイ日って、なんなんだ？」

「最多ヘイトコメントを書きこんできたやつだ。第二次世界大戦のときの記念日からとったペンネームらしい。そいつだけゼロワンでも身元がわからなかった。やつはネットのことをよく知ってる」

タカシはダイヤモンドダストのような白い息を吐いていった。

「じゃあ、やつらが写真を送るという携帯も……」

「ああ、たぶん駄目だろうな。使い捨てのプリペイド携帯だと思う」

キングは唇の両端をさげた。

「やつらをさらったのも無駄骨か」

タカシがいら立つなんてめずらしい話。そのとき、おれはひらめいた。隅田川沿いの冷たい川風が吹くジャンクヤードでも、素晴らしいインスピレーションが湧くことがあるのだ。

「待ってくれ」

おれはキングにそういって、スマートフォンを操作した。選んだのは敷島ワタルの番号。やつはすぐに出た。

「ああ、真島くんか。うちにきたふたり組を連れていったけど、あのあとどうなってるんだ？ 打ちあわせをパスして、ずっと部屋にこもって、連絡を待ってるんだが」

おれは油の染みた足元の砂利道を見た。おれのはナイキのボロスニーカーで、タカシのローファーは白のスエード。

「そいつらと話をした。脅迫犯がわかったよ。敷島さんのところに六十九通もヘイトコメントを書いてた『大詔奉戴日』ってペンネームのやつだ」

「ああ、あいつか、嫌味なじいさんだったな」

おれはタカシを見てから、腹に力を入れた。重要な質問ほど軽くしたほうがいい。

「それで、敷島さんのブログが登場してから、一番割をくった他の愛国ブログの配信者って誰かな?」

しばらく間が空いた。敷島ワタルが迷いながらいった。

「そうなると、東郷《とうごう》平四《へいし》郎《ろう》かなあ、あの人の愛国救世ブログ『遥かなるまほろば』ずいぶん調子が悪いみたいだから。真島くんはゲッタウェイというポータルサイト知ってるかな。そこは右も左も割と理屈っぽい人がよく集まってるとこなんだけど」

「いや、知らないな」

おれはスマートフォンの送話口を押さえて、タカシにいった。

「誰かにタブレットをもってこさせてくれ。ゲッタウェイというポータルを表示させてほしいんだ」

タカシが命じる前に、見張りのひとりがプレハブ小屋に駆けていった。おれは敷島ワタルとの会話に戻った。

「すまない、話の続きを聞かせてくれ」

「ああ、だいじょうぶ。ブログできちんと金を稼ぐにはゲッタウェイの扉ページに出てる人気ブログランキングのトップ20に入らなきゃ駄目なんだ。お笑い芸人とかモデルとか強敵がたくさんいてね、そのランキングの愛国枠は昔からふたつだといわれてる。ぼくは今、ランキングの十四位だけど、ぼくのブログと入れ替わりで、東郷さんのが落ちていった」

ビンゴ！　おれはタブレットをもつタカシにいった。

「『遥かなるまほろば』で検索してくれ」

おれはキングの検索する光景を生まれて初めて見た。

「これか」

東郷平四郎という書き手の最新のブログを読んだ。十二月八日、号外が配られ、初戦の大勝利で沸き立つ朝の景色を、「わけのわからない昔の知識をひけらかして嫌味に」書いていた。ヘイトコメントの文章ともよく似ている。筆跡ではないが、文章の書きかた・内容にはその本人でなければ再現できない特有の味があるものだ。なんなら、六十九通のコメントとこの愛国ブログをコンピュータに読ませて、登場する語彙《ごい》の頻度を調べれば証明は一発だろう。おれはいった。

「あのガキに襲撃を依頼したのは、こいつだ。東郷平四郎。『遥かなるまほろば』の配信者で、敷島ワタルにトップ20のランキングから追い落とされたやつだ」

タカシがあきれたようにいう。

「なるほどな。マコトは魔法がつかえるみたいだな。これで解決か」

おれはタブレットをGボーイに渡していった。

「あのふたりは帰してやっていいよ。二度と敷島ワタルに近づくな、ネットでおかしな依頼は受けるなと、命令しておいてくれ」

タカシが笑いながら、つけたした。

「うちの組織の怖いボスがそういっていたと、必ず伝えておけ」

「了解しました、キング」

おれはそのあと、あのばかでかいＧＭＣで池袋まで送ってもらった。今度は池袋に着くまでに四十五分かかった。それくらいの速さでちょうどいい。おれはカミカゼ・ドライバーは苦手である。

さらに三日後、おれとタカシは駒沢《こまざわ》のオリンピック公園にいた。

東郷平四郎の本名は柳沢弘明《やなぎさわひろあき》、五十三歳、高校の日本史の教師だったが、女子生徒複数への盗撮がばれて、懲戒免職《ちょうかいめんしょく》になっている。日本の教育委員会は優しいので、盗撮だけなら首にはならなかっただろうが、ヤナギサワはその映像をネットで販売していたのだ。

あのジャンクヤードの翌日から、Ｇボーイズの監視が始まっていた。駒沢公園の近くにあるマンションでひとり暮らしをしているヤナギサワは、晴れた日は午後三時になると必ず公園を散歩していた。健康維持のための日課なのだろう。

おれとタカシは売店の近くで、やつを待っていた。

空をいく雲は春先のようなやわらかさ。気温は十七度もある。紺のジャージのヤナギサワが、腕を勢いよく振り、本格的なウォーキングの速さで大階段にやってきた。テニスの壁打ちの音が陽気でいい感じ。

おれは髪が半分白くなった元高校教師に声をかけた。

「あんた、ヤナギサワさんだよね」

いきなり名前を呼ばれて、驚いている。険《けわ》しい顔をした謹厳《きんげん》そうなおっさんだった。

「なんだ、きみたちは?」

タカシは無言で圧力を加えている。おれはいった。

「いいからあんたに見てもらいたいものがある。あんたもよく知ってるこいつなんだが」

ダッフルコートのポケットから、脅迫状のコピーをとりだした。ヤナギサワは中身も見ずに、おれの手から叩き落とした。十数枚の脅迫状がオリンピック公園の石畳《いしだたみ》に散らばっていく。やつはそれがなんであるか、ようやく気づいたようだ。あわてて風に舞う脅迫状のコピーを四つん這《ば》いで拾い始めた。

「おれたちはあんたが、相沢光喜と加山満利のふたりに二十万でなにを依頼したのか知っている。極右ブログのライバル敷島ワタルを襲わせようとしたよな」

四つん這いのままヤナギサワは震えていた。手にはくしゃくしゃになった脅迫状。

「なにをいってるんだ……警察を呼ぶぞ」

タカシがレザーブルゾンのポケットからスマートフォンを抜いた。フェラガモ。

「おまえがどうしても呼びたいのなら、今から一一〇番にかける。おれたちは別にどちらでもかまわない。どうしたいんだ?」

元教師は脅迫状を見て、おれたちを見た。身体から力がすべて抜けて、生命力とともに公園の石畳に流れだしていくようだった。

「……やめてくれ」

キングの裁定がくだった。

「いいだろう。おまえはこいつの話をきちんと聞け」

おれはいった。

「敷島ワタルは今回の件を不問にするといっている。条件は二度と敷島ワタルと婚約者に近づかないこと。やつのブログにもいっさいタッチしないこと。あんたが金を払い、ネットで襲撃依頼をしたことは、相沢と加山から証言をとってある。録音もある。いつでも刑事告訴が可能だ」

目の前で人の形をしていた風船から空気が抜けてしぼんでいくようだった。ヤナギサワは文字通り、ひと回り縮んでしまった。キングがいう。

「ずいぶん寛大な条件だと、おれは思うがな。おまえはこの条件を呑むか」

ヤナギサワがまた震えだした。脅迫状を丸めて、腹に抱えこむようにしている。大切な卵でも守るように。

「……わかった……条件を呑む」

おれはタカシにうなずいてからいった。

「そうか、話は終わりだ。日課の散歩を続けてくれ。おれたちも帰る」

それからおれは驚くべきものを見た。ヤナギサワはへたりこんだまま、子どものように声をあげて泣きだしたのだ。


「なんで、みんな、敷島ワタルみたいな偽物をちやほやするんだ……あんたたちだって日本人ならわかるだろ……敷島ワタルはぜんぜんこの国を愛してなんかいない……ただビジネスで愛国風ブログを書いてるだけだ……わたしのほうが何倍も真剣にこの国を愛している……歴史の知識だって比較にならない……それなのに、どうしてあいつがランキング十四位で……わたしは圏外なんだ……どうしてだ?……どうしてなんだ?」

タカシは急に老けこんだ元高校教師に吐き捨てるようにいった。

「見るに堪えんな。マコト、いこう」

おれはなにか声をかけてやりたくなった。こんなおっさんでも気の毒に感じたのかもしれない。

「敷島ワタルがいってたよ。極右ブログに愛国心なんて関係ないって。大事なのはキャッチーな見出しだけだってさ。おれはあんたのブログを何本か読んだけど、ちょっと説教くさいし、歴史的な知識をひけらかしすぎだ。もの知り自慢を控えて、すこし文章を削るといいんじゃないかな。じゃあな」

そのあとはもうヤナギサワを見なかった。おれとタカシは駒沢通りに待たせてあったボルボで、十二月の街を横切り、まっすぐ池袋に帰った。

敷島ワタルはその後もビジネス愛国ブログを続けている。おれにはそのビジネスの善悪はよくわからない。ただそういう形の金儲けの方法があると思うだけだ。やつから頼まれていたインタビューは断ることにした。おれとタカシのこの街のダークサイドでの活躍は、あまりにオフレコが多いので守秘義務があると思ったからだ。

敷島ワタルは結婚を機に新たな動画配信を始めるという。保護猫を多頭飼いする内容のネコチャンネルだそうだ。金の匂いに鋭いやつ。

葛城法律事務所のミレイとは、その後もつきあいが続くことになった。といっても男女のほうでなく、非常勤の調査員としてお声がかかるようになったという話。また別な機会にそっちのストーリーは話すよ。まあ法律事務所なんていっても、けっこう危ない橋を渡るもんだよな。あの事務所が裏世界とのつながりが深いせいかもしれないが。

今年のクリスマスイブは、タカシとGボーイズの店で過ごした。やつはおれにこんなことを聞いてきた。マコトには愛国心って、あるのか？　キングによる核心を突く質問。おれはすこし酔っていて適当にこたえた。この国は人がいいし、くいものがうまいし、たいして金をもっていないおれみたいなガキにも居心地がいい。だからけっこう好きな国だよ。それが愛国心なのかどうか、ほんとうにはわからないけど。

おれの愛国心はやわなので、敷島ワタルや東郷平四郎の極右ブログを毎日読む気にはとてもなれなかった。ブログはもうすこし内容があって、もうすこしマイルドなほうがいい。

イブの夜が更《ふ》けて、シャンパンのボトルが何本か空くと、いけいけのGガールズがおれとタカシのところに、街灯に集まる夏の夜の蝶（蛾？）のように集まってきた。視線はなぜかおれを素通りして、キングのところに集中するのだが、その夜おれはまるで気にしなかった。当たり前だよな。

なにせ、そのクリスマスイブ、タカシとおれが池袋のキングと一番怖いボスだったんだから。

乙女ロード文豪倶楽部

オタクって、すっかり誉め言葉になったよな。

昔は最低のネガティブワードだったが、時代は様変わりした。

アニメでも、アイドルでも、韓流ドラマでもいい。なにかの趣味を熱烈に楽しんで、自分なりの推《お》しをもつことが、現代ではステータスになったのだ。よいセンスと時代へのアップデイトの証明である。もちろん、推すのは誰もが知っている人気ジャンルでなくともいい。

戦国武将でも、若手の講談師でも、明治大正昭和の文豪なんかでもＯＫ。最後の文豪については、とあるアニメのおかげで今では若い女たちに、熱狂的なファンが多数存在する。国木田独歩《くにきだどっぽ》や中島敦《なかじまあつし》、坂口安吾《さかぐちあんご》に小栗虫太郎《おぐりむしたろう》なんかを、黄色い声で推しているのだ。必殺技は、それぞれ『独歩吟客《ぎんかく》』『月下獣《げつかじゅう》』『堕落論《だらくろん》』『完全犯罪』な。『武蔵野《むさしの》』でも『山月記《さんげつき》』でも『白痴《はくち》』でも『黒死館殺人事件』でもないのだ。異能バトルものの犯罪アクションなので、古《いにしえ》の文豪たちは必殺技の名を思い切り叫んで、特殊能力を顕現《けんげん》するというわけ。中島敦なら、月明かりのしたで白《びゃっ》虎《こ》に変身して、敵をなぎ倒すのだ。

ほんとアニメって自由でいいよな。おれにもなにか異能があればいいんだが。場外馬券売り場で三分先の未来が読めるチケットリーダーとかね。

そんな推しカルチャーが花盛りの令和の東京で、もっともオタク度の高い街がどこか、あんたにはわかるだろうか。誰もが最初に思い浮かべるのは、秋葉原だよな。正解に一ポイント。けれど、このクイズは二位三位になると解答がかなりむずかしくなる。

オタクの街の次点は中野。そして、第三位はわれらが副都心・池袋だ。全問正解できた優秀なあんたには、もうひとつサービス問題をだしておこう。オタクの街の一位と三位はどんなふうに違うのかという、ちょっと上級の難問だ。こいつにすんなり答えられるようなら、あんたはかなりの変人で、筋金入りのオタクということになる。

五、四、三、二、一……制限時間終わり。

答えは男女比。秋葉原にいるのは八割がたが男のオタク。池袋では性差が逆転して、八割が女のオタク、いわゆる腐女子《ふじょし》になることだ。週末に乙女《おとめ》ロードにいってみるといい。アニメグッズやBL本をどっさりと抱えた若い女たちで、歩道はあふれ返っている。秋葉原をロリータアニメやエロフィギュアをもった男オタクが占拠しているようにね。

さて、今回はそんな池袋の乙女ロードを一本外れたビルの地下にあるメンズ・コンカフェで起きたトラブルの顚末《てんまつ》だ。貧しい男が淋しい女をだます貧困ビジネスの一幕である。男性の未婚率が三割を超えそうな現代、いくら二次元のタチとウケにしか興味がなくても、おれたちは男のオタクと同じように腐女子にももっと優しくしてやらないとな。

あたたかだった冬にも終わりが見えてきた。だいたい東京に小雪が舞うのは冬型の気圧配置が崩れたときで、間もなくやってくる春の兆《きざ》しなのだ。まあ、一日くらい雪が降ってもつぎの日にはびしょびしょのシャーベットに変わるから、足元がすこし悪くなるくらいでたいした被害もない。

もうすぐ三月になろうとしているあたたかな土曜の昼下がり、おれはサンシャインシティのスターバックスにいた。トラブルシューティングの依頼を受けたのは、Gボーイズの王様・タカシからだった。なんでも大学生のGボーイがガールフレンドに相談されたらしい。なんて時代だ。腹が立つ。だいたい街のギャングは高卒か高校中退がなるものだろう。どこかの私立大学でマクロ経済学を勉強していて、おまけにかわいい文学部の女子大生を恋人にしているようなリア充《じゅう》の出る幕じゃないのだ。

やる気がまったくでないまま、窓際のソファ席で待っていると、韓流アイドルグループの三番手という感じのスタイルのいい女子が紙コップを手にやってきた。誘拐犯のようにおれを見て声をかけてくる。

「あの……真島マコトさんですか」

カーキのワイドパンツに、コーヒー色のダッフルコート、ベージュの分厚いタートルネックセーター。全身茶系のコーディネートだった。最近は大学生でも、みんな色づかいが地味だよな。別にシックといってもいいけど。

「ああ、そうだよ。そっちは笹原流胡《ささはらるこ》さん？」

おれはクライアントの名前だけきいていた。ルコはひざを軽く折って、うれしげに身体を沈ませた。

「あー、よかった。Gボーイズの腕利きトラブルシューターってきいていたので、どんな怖い人かとびくびくしてたんです」

おれは肩をすくめていった。

「いいから、座ってくれ。怖いやつって、どんな？」

ルコはおれの向かいのソファに腰をおろすと、背筋をちゃんと伸ばした。

「あの……顔とか首にタトゥーがあるとか……内ポケットにナイフを隠してるとか」

おれはGUのダウンジャケットの懐《ふところ》に手を入れた。

「なんで、ナイフもってるってわかったんだ」

静かなジャズが流れるスタバの店内で、ルコの顔が引きつった。

「なんてな」

おれはダウンのポケットからスマートフォンを抜いて、テーブルにおいた。おもちゃのナイフでももってくればよかった。

「依頼の内容を録音させてもらって、かまわないよな」

ルコは近くのテーブル席を見回してからうなずいた。あまり人にきかれたくない話のようだ。

左手の席ではマルチの勧誘。一本一万五千円の化粧水を毎月十本購入して、経済的に自立しようって荒唐無稽《こうとうむけい》な内容。業者からブツを買うだけで、なぜ起業できるんだろう。右手の席ではエアポッズを耳に挿した若い男が、パソコンでグラビアアイドルの動画編集をしていた。

まあ、いつもの他人にはとことん無関心な副都心の客たち。ルコは眉を寄せていう。

「あの、相談というのは、うちのお姉ちゃんの件なんですけど……」


ルコは池袋駅西口の先にあるR大学文学部の二年生だという。大学から歩いて七分ほどの要《かなめ》町《ちょう》で、五つうえの姉・笹原理胡《りこ》といっしょに住んでいる。

「アネキがリコで、妹がルコなんだ。いい名前だけど、区別しにくいなあ」

にこりと笑って、ルコがいった。

「リコ姉《ねえ》は長女で、しっかり者で、理屈っぽいんです。わたしはその反対で、末っ子で、お調子者で、流されやすい感覚派だから、ルコ。もう一発で覚えられたでしょう」

今どきめずらしい涼しげなひと重の目を細め、顔をくしゃくしゃにして笑い、ふたり姉妹の末っ子がいった。おれにこんな感じの妹がいたら、毎日の店番が楽しいだろうな。

「で、そのしっかり者のアネキが、問題を起こしたんだ?」

ルコの顔色が曇った。

「そうなんです。うちの実家は宇都宮にあるんですけど、おばあちゃんと三人暮らしだったんです。最初は離婚したお母さんと四人だったんですけど、お母さん病気で亡くなってしまって。リコ姉はわたしのお母さん代わりで、大学進学の入学金や学費も助けてくれました。それでもちょっと足りなくて、奨学金はがっつりもらってますけど」

妹の学費をだす姉か。いい話だが、ここは池袋だ。きっと裏がある。

「直接きいてないから、はっきりとはわからないけど、リコ姉はわたしが大学に入学して、ひと仕事終えた達成感みたいなものを感じたんじゃないのかなあ。手のかかる妹も、もうだいじょうぶ。すこしは自分の人生を楽しんでみるかって」

お洒落《しゃれ》なスタバで、おれは嫌な予感がした。大都会ではすこしでも甘い夢を見ると、手痛いしっぺ返しが待っている。人の夢につけこむサメみたいなやつらがうようよしてるのだ。おれは一番月並みな返事をした。

「で、悪い男にでも引っかかったのか」

ルコは驚いた顔をした。

「そうなんです。どうして、マコトさんはわかるんですか。その人の名前は谷崎潤一郎《たにざきじゅんいちろう》といって……」

おれはあわててルコの話をさえぎった。

「ちょっと待ってくれ。谷崎潤一郎って、文豪のタニザキか？　『痴人《ちじん》の愛』とか『春琴抄《しゅんきんしょう》』とか……」

ルコはおおまじめにうなずいた。

「そうです。代表作はあと『細雪《ささめゆき》』とか」

おれが最後まで読めなかった大長編だった。おれは谷崎なら、若い頃の通俗小説と最晩年の変態小説が好きだ。

「まさか本名じゃないよな」

ルコはテーブルに置いたおれの手を軽く叩いた。無邪気な顔で無意識のうちにボディタッチをかましてくる女子大生。女悪魔だ。

「もちろん源氏名《げんじな》に決まってるじゃないですか。乙女ロードにあるコンカフェのキャストの人ですよ」

コンセプトカフェは、秋葉原のメイドカフェから始まって、今ではあらゆるタイプの店がある。執事カフェ、アニメカフェ、戦国武将カフェ、新選組カフェ、明治カフェ、男子校や女子校の制服カフェ。おれはルコにきいた。

「その店って、作家カフェなのか。どんなやつがいるんだ?」

「ちょっと待ってください」

ルコはテーブルからスマートフォンをとりあげ、そのカフェのホームページを開いた。ディスプレイをおれに向けていう。

「ここがうちのリコ姉がはまったメンズ・コンカフェなんです」

おれは最上段にきらめく店のロゴを読んだ。文学全集を背景に黄金の太字明朝体で「文豪倶楽部」。ルコはキャストの紹介ページに飛んだ。

「タニザキはこの人です」

ピンク髪のすこししもぶくれの若い男だった。黒の着流し姿で、太宰治《だざいおさむ》みたいにあごに手をあてて、プロフィール写真を撮っている。きざで嫌味な男。

「ちょっと見せてくれ」

おれはルコのスマートフォンを受けとり、他のキャストを流し見ていった。店のトップは当然、夏目《なつめ》漱石《そうせき》、ほかにも森鷗外《もりおうがい》、国木田独歩、泉鏡花《いずみきようか》、川端康成《かわばたやすなり》と目ぼしい文豪が勢ぞろいしていた。眉を整え、薄化粧をしたホスト顔のオンパレード。

「こいつらみんな、自分の源氏名の作家の本を読んでるのかな?」

ルコは軽く首をかしげた。

「読んでないんじゃないですか。だって、昔の小説ってむずかしいし、みんな本を読むような顔してないもん」

確かにそのとおりだった。店にくる女性客との会話の糸口に、代表作の冒頭部分くらいには目をとおしているかもしれないが、韓流アイドルのようにアクアブルーの髪をした池袋の森鷗外が『渋江抽斎《しぶえちゅうさい》』を読みとおしているとは、とても思えなかった。あの本は文章は見事だが、さしておもしろくもない長編なので、読まなくてもぜんぜんかまわないけどね。

おれはアイスラテをひと口のんでいった。

「で、リコ姉はタニザキにはまって、すくなくない金をコンカフェにつぎこんだんだよな?」

ホストクラブやメンズ・コンカフェでは、よくある話だった。最初のうちはサービス料金で安く済むが、サメ男たちは浮かれた客にだんだんと高い酒をすすめてくるようになる。シャンパンとか、ピンクのシャンパンとか、ヴィンテージのシャンパンとかね。普通の会社員が月給よりも高いボトルを開けたら、その先がどうなるかは、誰にでも想像はつくだろう。

「はい、そうみたいなんです」

ルコは神妙な顔。おれはいった。

「いくら？」

姉思いの妹が震えていた。声はスタバのおとなしいＢＧＭでもききとりにくいほど細くなる。

「……八十万円くらい」

たいした額ではなかった。おれは数百万円の売掛金をためこんだＧガールを何人か知っている。

「そうかあ、でもそれくらいの金額なら、働いてこつこつ返していけばいいんじゃないかな。それほど無茶な額じゃないし、リコ姉だって、まあなんというかタニザキとうまい酒をのんで楽しんだんだしさ」

ルコが急に暗い顔になった。

「事情はよくわからないんですけど、タニザキの売掛金が別な人の手に渡ったみたいで、今は二百五十万円にふくらんでしまったそうなんです」

そうなるとまったく話が変わってくる。おれの頭が猛烈な回転を始めた。

「なんだって……それ、どれくらいの期間で増えたんだ？」

「うーん、去年の十二月あたりからなので、二カ月くらい」

二カ月で三百パーセントを超える急膨張か。出資法がどうのとかいう法律以前の問題だった。闇の世界の金融の話。なにか別の裏があるような気がする。

「とりあえず、リコ姉とタニザキに会って、話をきかなくちゃ始まらないな」

おれがそういうとルコが神棚でも拝むように手をあわせていった。

「マコトさん、それでお願いなんですけど、これから『文豪倶楽部』にいっしょにいってくれませんか。バイト代が入ったので、料金の心配はいらないです。ひとりだと、どうしても心細くて……」

おれが今からメンズ・コンカフェにいく？　あきれて返事ができずにいると、ルコはさすがの妹力でいった。

「わたしもリコ姉がはまったコンカフェの魅力を見てみたいんです。力をあわせて、いっしょに借金を返すなら、相手のほんとの姿くらい見ておきたいじゃないですか」

それは、確かにそうだよな。ルコの気持ちもよくわかる。

「了解。『文豪倶楽部』につきあうよ」

ルコは手をたたいていった。

「うわー、マコトさんって優しい。きっと女子にモテモテですね」

おれは文豪コンセプトカフェよりも、ルコがいる妹カフェにいきたくなった。


乙女ロードはサンシャイン60の西側にある長さ二百メートルほどの通りだ。腐女子のこぎれいな天国である。泣く子も黙る世界最大級のアニメショップ「アニメイト」本店が中心で艶々と輝くブラックホールである。地下二階のシアターから地上九階まで、すべてのフロアがアニメ関連の商品で埋まり、推しのために財布をぱんぱんにふくらませた女たちを無限に吸いこんでいく。その周辺を固めるのが二大チェーン店、「Kブックス」と「らしんばん」だ。こちらは乙女ロード周辺の雑居ビルに、漫画版『風の谷のナウシカ』の粘菌《ねんきん》のように数多くの専門店を出店している。

土曜日の乙女ロードは、はじまったばかりの縁日のような人出。ルコはおれの先に立って、すいすいと女だらけの人波を泳いでいく。池袋で生まれ育っても、このあたりにはめったに足を運ばないので、おれにはなんだか新鮮だった。

コンビニの角を曲がり、乙女ロードから東池袋公園に向かう路地に入った。ここもアニメショップだらけ。

「文豪倶楽部、いかがですかー！　明治、大正、昭和のイケメン文豪そろってまーす！」

呼びこみの男がビラをまいている。背は一六五センチくらい。前立てがボタンではなく、フックになった昔の海軍の制服のようなグレイの学生服を着ている。おれはアッシュグレイの髪をしたガキに声をかけた。

「悪いな、一枚ちょうだい」

オープン記念、メンズ・コンカフェ、文豪倶楽部！　新規のお客様は、原稿料、印税ともに初回無料！　文豪と杯を交わすべし！　ルコも手元を覗きこんでくる。おれはガキにきいた。

「ほんとに初回無料なの？　このカフェ、男でもだいじょうぶかな」

灰の髪のガキがおれとルコをさっと値踏みするように見た。

「はい、カップルさんも大歓迎です。もしかして、今日これからきてくれるんですか。そうすると、われはほんとに助かるんですけど」

こいつ正気か。

「今、自分のこと、われっていったよな」

恥ずかしそうに頭をかいて、小柄なガキがいう。

「いや、そう本に書いてあったんです。うちはそういうとこ厳しいんですよね。漱石店長は吾輩《わがはい》だし、鷗外さんや荷風《かふう》さんは余《よ》なんです」

おれはだんだんコンセプトカフェ自体に興味が湧いてきた。

「じゃあ、あんたも文豪の誰かなんだ？」

灰髪のガキは明るくいった。

「はい、そうはいっても、われなんか最下層の底辺キャストなんで、知らないと思いますよ。斎《さい》藤緑雨《とうりよくう》っていうんですけど……」

おれは思わず手を叩きそうになった。

「緑雨なら、知ってる。ちょっと前に古本屋で買って読んだよ。『緑雨警語《けいご》』。カッコいい皮肉屋だよな。ああいう短いアフォリズム、おれは大好きだ。『懺悔《ざんげ》は一種ののろけなり、快楽を二重にするものなり。懺悔あり、故に悛《あらた》むる者なし。懺悔の味《あじわい》は、人生の味なり。』とかさ」

令和の文豪は意味がわからないようで、きょとんとしている。

「あーお客さん、日本文学マニアなんですね。たまにそういう人がくるんですよ」

そこで、声を落とした。

「でも、ほんとのところは、誰も元の本なんて読んでないんです。受験と同じで、代表作のタイトルを二、三本覚えてるくらいで。あんまりマニアックな知識を期待しないでください。まあ、文豪的な雰囲気を楽しむカフェなんで」

緑雨はおれとルコに手をあわせた。

「そんなことより、三十分でもいいんで、これからうちの倶楽部にきてくださいよ。われはもう二時間半も外でビラ配りしてるんです。お客さんを連れていかないと、店に帰れないんで」

おれはルコと目を見あわせた。ドングリの山でも見つけたリスのように、ルコはすごい速さでうなずいた。

「ああ、わかった。文豪倶楽部に案内してくれ」

東池袋公園に面した真新しい雑居ビルの地下一階に、その倶楽部はあった。

扉はどこかの蔵からもってきた感じの重厚なもの。緑雨は身体ごと押しこむように開いて、なかに声をかけた。

「新規の読者様、ご来店でーす」

店の内張りは、ほとんどが濃い茶色のウッドパネルだった。正面の壁一面がつくりつけの本棚になっている。単行本や文学全集がどっさり。文庫本はない。おれの視線に気づいた緑雨がいった。

「ブックオフで一冊百円で仕入れてきたんです。二トントラック一台分。さあ、座ってください。われがこのまま、お席についてもいいですよね」

「ああ、よろしく頼む」

ソファ席の座面は残念ながらビニールだった。席と席の仕切りも本棚になっている。おれは赤い背表紙の一冊を手にとった。小学館の日本古典文学全集。上田《うえだ》秋成《あきなり》の『雨月《うげつ》物語』と『春雨《はるさめ》物語』が入ってるやつだ。雨月はおもしろかったけど、春雨はイマイチだから読まなくていいよ。中身は折り紙つきだが、この本なら確かに古本屋で百円か二百円だろう。

「ワンドリンクとおつまみをひとつ、サービスします」

緑雨はメニューを開いて、こちらにさしだす。おれは「月に吠える」というブルーハワイみたいなカクテル、ルコは「舞姫」という名のついたノンアルコールのピーチネクターを頼んだ。おれはいった。

「つまみはなにがおすすめかな」

ほんの一瞬考えて、青髪がいった。

「十五分くらいお時間をもらいますけど、『夜の図書館のふわふわパンケーキ』がおすすめです。あとはすぐにくる『墨西哥《メキシコ》航路』かな。ただのタコチップですけど、ここのサルサソースは青唐辛子が効いててうまいんです」

「さすがに斎藤緑雨を選ぶだけあって、つまみの趣味もいいんだな。完璧だ。それでお願いするよ」

メニューを片づけようとした灰髪にいった。

「悪いけど、もうちょっと見せてくれ。つぎにくるときのために、研究したいんだ」

「どうぞ、どうぞ」

おれはフードのメニューをぱらぱらとめくり、ドリンクのページに飛んだ。カクテル類はグラス千円くらいだが、最後のシャンパンのコーナーは急に値段が跳ねあがる。ドンペリニヨン、クリュッグ、ルイ・ロデレール、ローラン・ペリエ。普通のやつは三、四万からあるが、ロゼやヴインテージになると、ボトル一本が十万、二十万と天井なしの価格になった。ルコはシャンパンの価格表を見るといった。

「ひーっ！……」

リアルライフで、ひーっと悲鳴をあげる女に初めて会った。おもしろいやつ。


「こういう高いシャンパンを開けるお客もいるんだ？」

緑雨はちいさくため息をついた。

「われはまだ一度もないですけど、お気に入りの先生を応援しようという感じで、シャンパン開けてくれる読者様もいるんですよ」

おれは本棚の反対側の壁を見た。キャストのバストアップの電飾パネルが並んでいる。バブルランプが四方をとり巻いていた。

売り上げトップは谷崎潤一郎、二位が川端康成、三位がなぜか小栗虫太郎だった。だんだんとこの店のシステムがわかってくる。昼間はコンカフェで、夜はほぼホストクラブと変わらない営業なのだろう。

ルコと緑雨が話をしていた。

「へえ、ルコさんはR大学の文学部なんだ？　頭いいんだなあ。誰を研究してるの」

「村上春樹《むらかみはるき》。担当教授はもうすこし別の選択を考えたほうがいいっていうんだけど」

「有名だもんねえ。われは一冊も読んだことないや」

どこが文豪倶楽部なんだ。おれはさっと会話に滑りこんだ。

「緑雨って小説読んだことあるの」

首をひねっている。

「うーん、小学校のときに一冊か二冊かなあ。読んでも一円も儲からないから、読まなくてもいいやって」

リアルな若い読者の声だった。おれはルコにいった。

「村上春樹で、いいんじゃないかな。あんな下品なノーベル文学賞とか獲らなくても、おれはいい作家だと思うよ。ルコはどの本が好きなの」

「やっぱり『ノルウェイの森』かな。あんなふうに散歩するだけのデートしてみたいもん」

登場人物が散歩する場所をすべてマッピングしたら、おもしろいハルキ・ムラカミの文学散歩地図がつくれるかもしれない。

「マコトさんは、なにが好き?」

ルコにいわれて、即座にこたえた。そいつは昔から答えを用意してある。

「『羊をめぐる冒険』『ねじまき鳥クロニクル』『1Q84』の三作。おれ、とにかくおもしろい小説が好きなんだ」

本の話って楽しいよな。ついつい本題からそれそうになる。おれは電飾パネルを見ていった。

「あのナンバーワンのタニザキって人は、今日はきてないの」

ルコの目が真剣になる。緑雨がおちゃらけていった。

「なんだあ、マコトさんたちもタニザキさんが好みなんだあ。われのことも忘れないでくださいよー。売れっ子の作家先生は夜の営業が中心だから、八時過ぎないと店にこないんですよ」

やはり夜はホストクラブで間違いないようだった。


おれたちはふわふわのパンケーキをたべて、カクテルをのみ、文豪倶楽部を離れた。実際に初回は無料だった。ただ図書館の貸し出し証に似た会員証のカードをつくらされただけ。名前は本名を書いたが、スマートフォンの番号は適当に書いた。

緑雨は気のいい男で、階段のうえまでおれたちを見送ってくれた。おれはやつがこのまま最底辺のキャストでいてくれたらいいなと思った。若い女を姫あつかいしたり、枕営業をしたりするのが上手くなられたら、なんだか嫌だ。売掛金を何百万と積んで、コンカフェのナンバーワンになったら、とても友人にはなれないだろう。まあ、緑雨なら心配はないかもしれない。小説は読めなくとも、心根は素直なやつなのだ。

だが、当の作家（斎藤緑雨は文豪というより寸鉄《すんてつ》の作者）はいっている。

「世は米喰う人によりて形成せられ、人喰《く》う鬼によりて保持せらる。」

おれやルコや緑雨は米喰う人で、コンカフェの売り上げに多大に貢献しているタニザキやカワバタは、きっと人喰う鬼なのだろう。まあ、いつかは楽しい本をめぐるおしゃべりだけでなく、「鬼」とも対面しなければならない。

ルコとはサンシャインシティで別れることにした。

ラインを交換してから、おれはいった。

「近いうちにリコ姉と話をさせてくれ。それから、なにかタニザキに動きがあったら、すぐに電話してほしい。どうした?」

ルコの頬が赤く上気していた。なにやら楽し気。

「うん、なんだか大人の世界を覗けたみたいで、ちょっと楽しかった。メンズ・コンカフェって、あんなお店なんだね。リコ姉の気持ち、ちょっとだけわかった気がする」

まだ二十歳の女子大生だった。それは新しい経験だろう。

「あんな店にはまるなよ。実態なんて、なにもないんだからな。今の流行りが変われば、あいつら明日にでも戦国武将カフェに衣替えするぞ。ルコはちゃんと、日本文学読むんだぞ」

「はいはい、わかってますよー」

それから上目づかいで、おれを見て右手をさしだした。

「今日は急なお願いをきいてくれて、ありがとうございました。マコトさんがギャングみたいでなくて、よかったー」

とんでもない破壊力。おれは年下の女子大生のすこし冷たい手を握った。

「ああ、また。つぎは文豪倶楽部ないからな」

次回からは有料なのだ。いくはずがない。本棚のセンスは、うちの部屋のほうが百倍いいしな。

おれは土曜日の夕方、腐女子だらけの街を、駅の西口に向かった。自分の趣味に全振りした街で遊べる女オタクたちを、半分うらやましく思いながらね。


「やっと帰ってきたね、マコト。さあ、さっさと店番しとくれ」

おふくろがエプロンをとりながら、声をかけてきた。

「ごめん、乙女ロードで文豪倶楽部っていうホストの店にいってたんだ」

「ホスト？　あんたが就職するのかい。マコトに女の客なんて、つくはずないだろ」

失礼してしまう。敵は好きな講談師の出番が夕方からあるらしい。小屋はもちろん歩いて一分の池袋演芸場だ。歩いて三分のウエストゲートパークには、大小のコンサートホールと劇場があるんだから、池袋駅西口の文化環境って、すごく充実してるよな。まあ、近くには風俗店やぼったくりバーなんかも、何十となくあるんだけどね。

「帰りに東武のデパ地下で弁当買ってくるよ。なにがいい？」

「とんかつ弁当。おれはロースの上で」

「はいはい、さぼらずにしっかり売るんだよ」

おれはしっしっと手でおふくろを払った。そろそろ店が混み始める時間だった。おれは客がいないのを確認して、二階でCDを選んだ。文豪といえば、ドイツではゲーテだ。『ファウスト』に登場して博士を惑わす悪魔の名前はメフィストフェレス。棚からフランツ・リストのピアノ曲「メフィスト・ワルツ」を抜いてくる。果物屋の奥にあるCDラジカセで曲をかけた。リストらしく演奏効果の高いきらきらした音楽だ。

ルコの姉のようにずっとまじめに暮らしていても、あるとき悪魔の囁きを一度きいただけで人生を間違うこともある。そいつは天才的な頭脳をもっていたファウスト博士と同様だ。

店頭ではミカンの時期がそろそろ終わり、つぎはポンカンの旬《しゅん》だった。ポンカンをザルに積んでいると、スマートフォンが鳴った。キングからだ。カラータイルが張られた店先にでて、電話にでる。

「マコト、コンカフェの件はどうだった?」

「ルコっていう女子大生と会って話をしてきたよ。どうやらアネキがホストにはまって、売掛金をかなりためこんだらしい」

タカシが霙《みぞれ》のようなざらついたため息をついた。

「また、ホストか。Gガールズのなかだけでも、何十人がやつらにはまってるか知ったら、おまえでも驚くぞ。なんで女たちは、見てくれだけで空っぽな男が好きなんだろうな」

そいつはおれにも、永遠の謎だった。きっとすこしいかれた生育環境のせいで、自分を罰するのが恋愛だと勘違いしているのだろう。救われない話。

「女子大生は笹原ルコで、姉のリコから学費の援助を受けている。で、そのリコがまず谷崎潤一郎に八十万の売掛をつくった」

「ちょっと待て、タニザキって、国語の教科書できいた気がするんだが」

「ああ『文豪倶楽部』っていう乙女ロードにあるメンズ・コンカフェじゃあ、ホストがみんな小説家の源氏名を名乗ってるんだ。タニザキは店のナンバーワンだそうだ」

タカシの反応はいつものようにアイスクールだった。

「間抜けな女が、間抜けなホストにつかまり八十万の借金を抱えた。まあ、それくらいの額なら、どうにでもなるだろ」

おれは店先の果物を眺めた。空が暗くなってきたので、柑橘類《かんきつ》が店先の照明を浴びて強いオレンジに輝いている。

「まだ詳しくわからないが、その売掛が二カ月ほどで三倍の二百五十万になったらしい」

池袋の王様がまた氷のため息。

「はあ、また裏の世界で債権が転売されて、気がつけば三倍か。いつの時代にもいいカモがいるもんだな。だが、それでおもしろくなった」

おれは池袋西口のビル街の底から、長方形に切りとられた夕焼けの空を見あげた。二月の東京の夕日ってきれいだよ。

「ああ、八十万なら払ったほうがいいが、二百五十万じゃあ、もう払う理由がない」

タカシが低い声でいう。

「その笹原姉妹というのは、Gボーイズが世話になった人の関係者だ。うちのチームを動かしていい。マコト、一円も払わずに片をつけろ」

命令することに慣れた王様の言葉だった。

「経費は？　敵地の視察にコンカフェに潜入しようと思うんだが」

すでにルコと足を運んだことは黙っておいた。まあ、Gボーイズには金があるので、すこしくらい経費をつかってもかまわないだろう。いつも無報酬でこきつかわれているのだ。

「わかった。領収書をもってこい」

ルイ・ロデレールのヴィンテージでも開けてやろうかな。おれは一瞬そう思ったが、そんな無駄な出費はしないほうが賢明だと考えを変えた。店の利益になるだけだ。まあ、おれにはシャンパンの味の違いなんて、ぜんぜんわからないしな。

それから一時間半ほど、果物を売ることに集中した。売れゆきはこの不景気にしたら、まあまあ。その夜はメフィスト・ワルツでも聴きながら寝ようかと思っていたら、またスマートフォンが鳴った。ルコからだった。

さすがに日が暮れると冷えてくるので、おれはレジのしたに隠しておいてある電気ヒーターで足元をあぶっていた。

「どうした？　なにかあったのか」

ルコはあわてているようだ。

「リコ姉と話をしたんだけど、明日タニザキとタニザキから売掛金を買った人と、話をすることになったんだって。どうしたら、いいのかな」

リコ姉をひとりで、タニザキやプロの金融屋と会わせるのはまずかった。どんな約束をしてくるのか、わからない。相手は海千山千。

「おれたちもいっしょにいこう。場所は？」

「乙女ロードにあるカフェだって。時間は午後一時」

「わかった。おれもいくよ」

ルコの声がはずんだ。

「わあ、ありがとう。それでね、マコトさんちのお店、何時までやってるの？」

「今日は土曜日だから夜の十一時までは開けているかな。週末の酔っ払い相手だと、フルーツはよく売れるんだ」

「そうかあ……夜の九時くらいに、すこし抜けられないかな。リコ姉を連れていって、マコトさんに紹介したいんだけど」

明日にはタニザキと金融屋と顔をあわせるのだ。そのとき、リコと初対面ではなにかとまずいかもしれない。

「わかった。九時にうちの店にきてくれ。待ってる」

先の予想がまったくつかない。おかしな土曜の夜だった。


とんかつ弁当をたべたあと、おふくろといっしょに店に立った。金曜と土曜の夜は西一番街でも一番の書き入れどきだ。客の波が引いた九時過ぎに、ルコがやってきた。昼と同じ茶系のコーディネート。姉のリコは妹と同じように長身でスタイルがいい。黒いトレンチコートに、黒のスパッツ。ゆる巻の髪は長い。妹がかわいい系なら、こちらはストレートな美人系。おふくろがふたりを見ると、おれに小声でいった。

「驚いた。マコトにもこんなラッキーがくるんだね。どっちが本命だい？」

おれはデニムのエプロンをはずした。

「今回のクライアントだ。どっちも本命なんかじゃない」

ルコがぺこりと頭をさげていった。

「マコトさんのお母さま、わたし、笹原ルコです。で、こっちが自慢の姉で、リコちゃんです」

五つ違いといっていたから、リコ姉は二十五歳か。すこしやつれた感じが薄倖《はっこう》そうで、いい感じ。悲し気に微笑んで、おれとおふくろに会釈する。

「さあ、いこうぜ。うちの店仕舞いまでには帰ってこないといけないからな」

おれたちは白い息を吐きながら、西一番街を池袋駅に向かった。


最終的におれたち三人が入ったのは、駅の近くのカフェではなく、ホテルメトロポリタンのM二階にあるラウンジだった。メンズ・コンカフェの売掛金の相談なので、席が詰まった店よりも、すこし間隔があいているほうがいいだろうと思ったのだ。なあ、案外おれって、気が利くだろ。

三人ともホットのカフェオレを注文した。

リコ姉は深々と頭をさげた。最初から謝ると決めてきたようだ。

「真島さんには、ご迷惑をおかけして、たいへん申し訳ありませんでした。ルコからきいたのですが、今日の午後には文豪倶楽部にもいかれたんですよね。だいじょうぶでしたか」

おれはすこし無理して笑ってやった。親密さと安心感が初対面では大事だからな。

「ええ、初回はほんとに無料だったし、昼はホストクラブというより、普通のコンカフェだったから心配ないです。ルコは楽しんでいたみたいだけど」

リコ姉は横に座る妹に厳しい視線を向けた。

「ダメよ、絶対。二度といってはダメ」

自分はやらかしているのに、妹には厳しい姉だった。

「リコさんって、どこで働いているんですか」

大手の住宅メーカーの名前がでてきた。西新宿にある本社で、経理をしているという。

時間がない。おれは最初からインコースぎりぎりに質問を投げてみる。

「どうして、コンカフェなんかにはまったんですか。見た感じだと、頭の弱いホストなんか相手にしなさそうだけど」

リコ姉はトレンチコートのしたには、白いアンゴラのセーターを着ていた。なんというか、妹のルコと違って冷たい色気がある。

「ルコが大学に入って一年が過ぎて、気がゆるんだのかもしれません。最初のときはアニメ好きの職場の先輩に連れていかれたんです。うちの母が亡くなってから、ずっと気を張って働いていたので……あの、わたしはほとんど男性と交際したことがなかったんです。地味だし、とり柄もないし、とくに美人という訳でもなくて」

ルコが必死にカバーする。

「そんなことといわないで。大学の友達はみんな、リコ姉のことすごいきれいだっていってるよ」

おれもルコに一票。だが、自己評価と現実がずれるのは、よくある話。しもぶくれのカバ顔のタニザキが、ピンクに髪を染めてナンバーワンのホストになっているくらいだからな。

「とにかく潤一郎さんは、わたしなんかをお姫様あつかいしてくれたんです。そんなこと初めてで、なんだか信じられないくらい楽しくなってしまって。それで貯金をとり崩しながら、お店に通うようになって」

リコ姉は激しく手を振った。

「ルコちゃんの学費用のお金には手をつけてないから、心配しないでね」

なにかがおかしかった。

「じゃあ、これまでも何度か売掛をためたことがあったんだ?」

リコはうつむいていった。

「はい。お恥ずかしい話なんですけど、これまでは貯金とボーナスを支払いにあてて、なんとかしていたんです。でも今回は急に売掛が他の人の手に渡ってしまったらしくて。わたしも混乱しているんです」

どういうことだろうか。ホストにしたら、細く長く引っ張れるいい金ヅルだろう。それが急に金融屋に債権を売り、全額回収に入る。タニザキにはタニザキなりの事情があるのだろうか。

「で、明日の話って、なんだかきいてる?」

「いえ、潤一郎さんから急に連絡があって、話をしたいって」

「相手はタニザキともうひとりの債権回収屋なんだよな」

「はい、明日初めて会う人です」

おれとルコは目を見あわせた。ルコがうなずく。

「じゃあ、おれとルコもいっしょにいくよ。リコさんだけじゃ、危なっかしいからさ。おれはルコのボーイフレンドで、あんたの借金をいっしょに返済するという筋書きにしておこう。そうしたら、無関係な第三者とはならないだろ。やつらも同席させるしかなくなる」

ルコが驚きの声をあげた。

「わあ、マコトさん、頭いい！」

ほめられて、すこしばかりうれしかったが、この手の交渉に慣れているだけ。

「あとは相手の話をきいてから、対応を考えよう。ただし、相手がなにをいっても、おれのことを信じて、簡単に向こうの話をのんだりしないでくれ。自分だけが犠牲になれば、誰も傷つかなくて済むというのもなしだ」

妹のために母代わりになり、自分は会計の専門学校を卒業してから働きづめで、ルコの四年制大学の進学費をつくった姉だ。迷惑をかけるくらいなら、すべての損を自分でかぶるといいだしかねなかった。

ホテルのラウンジのガラスの向こうには、夜の池袋が広がっていた。酔っ払いの集団に、たくさんのカップル。ネオンサインと広告看板。きらめく土曜の夜だった。今頃、乙女ロードも大盛況だろう。腐女子の夜は深い。最後におれはいった。

「明日はすこし抜けたボーイフレンドの役をやるから。相手に調子に乗らせて、やつらがどんな絵図を描いたのか全部見せてもらう。それがこっちサイドの接触の目標だ」


劇場通りを要町のほうに歩いていく姉妹を見送り、おれはキングに電話を入れた。タカシは無言で、疲れた冷気をスマホ越しに放ってくる。

「まだ会議中なのか」

気だるく凍りついた声。

「ああ、面倒な案件が発生してな。そっちは、どうだ?」

「笹原姉妹と打ちあわせをして、別れたところだ。明日の午後一時、乙女ロードのカフェにGボーイズを二、三人寄越してくれ」

「店の名は?」

おれはリコ姉からきいた店名を告げた。

「荒事《あらごと》はないと思うが、念のためだ。タニザキというホストと債権の回収屋と話をする手はずになった。妹のほうといっしょに、おれも顔をだすことにした。妹のボーイフレンド役でな」

タカシが噴くように笑った。

「女子大生のボーイフレンドか、似あわない役だな」

「しかたないだろ、彼女のアネキの借金をいっしょに返すお人好しで、頭の弱いボーイフレンド役が必要なんだから」

タカシはいじわるくよろこんでいる。嫌味な王様。

「そういうことなら、マコトにぴったりかもしれないな。ボーイズを三人送る。気づいても素知らぬ顔をするんだぞ。終わったら、電話で報告しろ。まあ、マコトなら……」

おれはキングの通話を途中でガチャ切りしてやった。いい気味。

日曜日も池袋はいい天気。乙女ロードは前日とは比べものにならない人出だった。おれは笹原姉妹とニトリの前で待ちあわせしていた。ルコはなぜかダウンジャケットのしたはミニスカートで、生足をさらしている。リコ姉は紺のPコートに、グレイのパンツというシックなスタイル。おれは声をかけた。

「気を引き締めていくぞ。今日のテーマは、相手からできるだけ情報を引きだすこと。なんでもいいから、話を広げるんだ。いいな」

おれはフィールドジャケットの胸ポケットにスマートフォンを入れた。もう録音を開始している。

「さあ、いこう」

交差点を渡り、満員の乙女ロードを歩き始める。両脇にはタイプがまったく違うかわいい&美人姉妹。なんだか麻薬Gメンにでもなった気がした。BGMに「黒いジャガーのテーマ」でも流れないかな。

約束の店は文豪倶楽部の近くにあるチェーンではない、個人経営の喫茶店だった。昔風の造りで、ドアを開けるとカウベルが鳴るような店だ。だが、店内に入ると意外と奥ゆきがあって、席も適度に散らばっている。扉の脇にあるアルコーブのような半個室に、ピンクの髪に黒の着流しのタニザキがいた。

「リコちゃん、待ってたよ。こちらのお兄さんは、どなた?」

薄気味悪い猫なで声だが、こういうのを今はイケボというのだろうか。タニザキのとなりには、グレイのスーツを着た会社員風の男がいた。三十代前半か。若いメガネ。こいつが債権の回収屋だろうか。男は目を細めて、笑顔らしきものをつくった。リコ姉が硬い声でいった。

「こちらは妹の彼氏で、真島マコトさん」

タニザキはおれを見て、口をとがらせた。

「ちょっと待ってよ、リコちゃん。そう簡単に部外者を呼んでもらっちゃ困るんだよねえ。だってさあ、これからお金が絡んだ内密の話をするんだからさ」

「いらっしゃいませ」

そのときウエイターが椅子を一脚もってやってきた。会話がフリーズする。おれは反対側のテーブル席に目をやった。カップルの男のほうをGボーイズの集会で見かけた気がした。注文をとって、ウエイターがいってしまうと、タニザキが繰り返した。

「妹ちゃんはいいけど、彼氏には帰ってもらってよ。リコちゃんだって、売掛金回収の話をきかれたくないでしょう、ねえ」

おれは困った振りをして、その場に立ち尽くしていた。びびった声でいう。

「あの、あの、すみません……昨日三人で話したんですけど、リコ姉の借金をなんとか力をあわせて返していこうって……ぼくもバイト代を回しますんで、部外者というのとは、ちょっと違うと思うんですけど……」

タニザキと回収屋が顔を見あわせた。おれは音がしないようにお誕生日席の椅子をそっと引いた。

「あの……ぼくも、座っても、かまわないでしょうか」

演技プランは秋葉原の男オタクだった。弱気な癖に、どこかずうずうしくて、空気が読めないキャラだ。スーツ男がにこにこしながらいった。

「真島さんでしたか、どうぞ、お座りください。わたしはこういう者です。これからみなさんといっしょに、建設的なお話をさせてもらえればと思っています」

財布から名刺を抜いて、リコの前に滑らせる。ルコがおれにも見せてくれた。

㈱ＲＡＩＮＢＯＷ企画　企画スカウト部　部長　竹内佐《たけうちさ》門《もん》
まったく仕事の内容が読めない。

「タニザキ様の債権はあいだに別な企業様をはさんで転売されておりまして、最終的に当社が競り落としました」

おれは得意のバカの振り。まあ、たいして演技力のいらない役だよな。

「あの……それで三倍の借金になったんでしょうか……借金って売ったり買ったりできるんですねえ……知らなかった」

債権の売り買いはできるが、額がいきなり三倍になるなんて無法はない。スーツ男はにこやかにいう。

「そうなんです。この世のあらゆるものは、売り買いができるんですよ。それで、今回はいいお話があるので、笹原さんにわざわざお越しいただいた訳でして。日曜日にご足労をおかけして、たいへんすみません」

つるつると笑いながら話しているが、まったく実のない男だった。

「こういう借金というのは恐ろしいもので、放っておくとすぐに二倍三倍と増えてしまうんです。もちろん、お姉様と妹様、それに真島様にこつこつとご返済いただくのもいいでしょうが、妹様は大学生で、真島様は？」

おれはアホの振りをしていった。

「……ショップ店員のアルバイト」

「ちゃんと働いていらっしゃる。偉いものだ。現在の債権は二百五十万ですが、これから一年がかり二年がかりということになると、返済額は倍の五百万を超えていくかもしれない。いずれは一千万、二千万という大金になるということも」


リコ姉が悲鳴のような声をあげた。

「冗談ですよね……そんなひどい利率は法律違反じゃないですか」

サモンはピンク髪のホストと目を見あわせた。タニザキはいう。

「竹内さん、五百万なんて、リコちゃんがかわいそうです」

スーツ男はまったく視線を動かさなかった。リコ姉のほうを向いたまま、いきなりとなりに座るタニザキの頬をごつんと音が鳴るほど殴《なぐ》った。笹原姉妹が息をのんだ。なるほどまともな会社じゃない。いざとなれば暴力も法律違反も辞さない。裏社会の手軽なデモンストレーションだった。タニザキは頬を押さえて、リコ姉にいった。

「ごめん、こちらのかたは怖い人なんで、リコちゃん、ここは抑えてよ。妹さんや彼氏になにかされたら困るでしょう」

下手な芝居だった。こいつはサモンとグルだ。自分の客の前で殴られて、キックバックで数十万を受けとる。最初の売掛八十万だって怪しいものだ。

「あの……ともかく暴力は、やめましょう……殴るなんてよくないです」

おれはびびったふりをしながらいったが、スーツ男はにこにこ笑っている。不気味なやつ。

「つまらないことで逆上してしまいました。たいへん申し訳ありません」

おおげさに頭をさげてみせるが、姉妹はドン引きしたままだ。おれがきてよかったと思った。ルコとリコ姉だけでは、今の一撃で白旗だろう。心理的に交渉の優位を押さえられてしまう。サモンは親切そうにいった。

「二年も三年もかけて大金を返すよりも、お姉様の美貌を活かして、グラビアアイドルをやってみるというのはいかがでしょうか。きっと売れますし、テレビにもでられるかもしれない。スターも夢じゃない。芸能界にご興味はありませんか。お姉様だけでなく、妹様も別なファンがつくと思うのですが。おふたりともとても素敵ですので」

企画スカウト部か、ようやく底が割れた。こういうヤクザ絡みの事務所では、グラビアというのはAVで、手軽な夜のアルバイトは抜きありの風俗だ。売掛金の返済を理由に、コンカフェにはまった若い女たちを、夜の仕事に流すルートができているのだろう。文豪倶楽部とRAINBOW企画は、同じ金主《きんしゅ》がやっている系列会社かもしれない。池袋だけでなく、新宿でも渋谷でも六本木でもよくある話。

おれは頭をかきむしっていった。

「あー困った……あの……それはよくないと思うんです……サイズのちいさなビキニを着て胸を無理やり強調したり……脚をがばりと開いたりするのは……ほんとよくないです……ルコちゃんにも、リコ姉にも、やらしい仕事はさせられないよー」

タニザキがおれをにらんでドスを利かせた。

「うるせえ、真島、おまえは黙れ！」

「黙らないですよ……だってふたりがかわいそうじゃないですか」

サモンがいらついたようだった。またとなりのタニザキを殴る。今度は予期していなかったようで、ピンク髪は頬を押さえてうめき声をあげた。タニザキの視線は恨めし気。たぶん約束では一発だけだったのだろう。

「うわあ、ほんとに暴力は反対です……竹内さん、やめてください……ルコちゃんもリコ姉も泣きそうじゃないですか……ああ、そうだ、大事なことを忘れてました……ＲＡＩＮＢＯＷ企画さんで、タニザキさんの債権を買ったんですよね……じゃあ、その契約書を見せてくれませんか……正確な金額を知らないと、お金を返すこともできないですし、お願いしますよ」

サモンがひるんだ。法に則《のっと》った正式な契約書などあるはずがない。顔はあい変わらずにこやかだが、もう目は笑っていなかった。

「そんな大切な書類をもち歩いているはずないでしょう。わかりました。後日、日をあらためて、お時間をつくってください。そのときはうちの事務所まで、ご足労いただきますが、それでよろしいでしょうか。グラビアのお話も、ふたりともよくお考えになってください。借金を一気に返済したうえ、スターになれるかもしれないいいお誘いです」

おれはルコとリコ姉の顔を交互に見てからいった。

「それでいいよね、みんなも……今日は怖いから、もう失礼させてもらおう……タニザキさん、だいじょうぶですか」

やつの左頬が赤黒く腫れだしていた。サモンはいいパンチをしているのかもしれない。

「うるせえよ、おまえのおかげでひどい目に遭った」

おれは最後にどうしてもきいておきたい質問をした。

「あの……タニザキさんは谷崎潤一郎のどの小説が好きなんですか」

「小説なんて、知らねえよ」

この手の男には、織田《おだ》信長《のぶなが》も、坂本龍馬《さかもとりょうま》も、五条悟《ごじょうさとる》も、ルフィも同じなのだろう。商売のためのただのペルソナで、オタクとしてキャラ愛のかけらもない。誰かもう一発こいつを殴ってくれないかな。


その後の作戦会議は、ルコと最初に会ったサンシャインシティのスタバで開いた。リコ姉はまだ恐怖に震えている。

「あんなに近くで、誰かが殴られてるところを見たのは初めて。すごく怖かった」

ルコもいう。

「わたしも。タニザキって嫌なやつだけど、ちょっとかわいそうになったよ」

「それがやつらの思うつぼなんだ。暴力でびびらせて、交渉を有利に運ぶ。タニザキは最初から殴られ役で、あの場にきてたんだと、おれは思うよ」

ルコが眉をひそめていう。

「ほんとに？」

「ああ、あっちの世界じゃ、素人《しとうと》をだます手口って、決まった型があるんだ」

リコ姉がおれを不思議そうに見た。

「マコトさんって、何者なの？」

おれは胸を張っていう。

「ただのショップ店員のアルバイトだよ。こいつはほんとの話」

リコ姉がいった。

「あの人の事務所にいくことになったけど、危なくないのかな。だって、裏の世界の人なんでしょう」

「おれのほうで手を打っておく。心配はいらない。いい保険があるんだ」

まあ、すこしはタカシも働かせないとな。やつの出番はまだゼロなのだ。笹原姉妹がおかしな顔でおれを見たが、手の内は明かさなかった。

「それよりさ、せっかく日曜日の乙女ロードにきたんだ。ふたりでアニメショップでも見ていけば？」

ルコが残念そうにいった。

「マコトさんは？」

「おれはもうすこし別件の作戦会議」

スタバをでて、アニメイト本店に向かう美人姉妹の背中を、おれは余裕をもって見送った。

* * *

赤レンガ風のタイルが張られたテラスにでた。見あげると東京の青空にサンシャイン60が刺さっている。もう見慣れているので、なにも感じないけれど。おれはジーンズの尻ポケットからスマートフォンを抜いて、タカシの番号を選んだ。取次が最初にでて、すぐに代わる。キングの声はやけに楽しげ。

「マコト、きいたぞ」

嫌な予感がした。

「なにをだよ?」

タカシは冷たい声で笑っていた。

「それはよくないと思うんです……サイズのちいさなビキニを着て胸を無理やり強調したり……おまえはほんとに間抜けの振りがうまいな」

頭にくる。いくら王様でも許せない。

「それが作戦なんだよ。それより、おまえ、見てたのか」

「ああ、おまえたちのテーブルの反対側にGボーイがいただろ。あいつが全部ライブでムービーを送っていたんだ。ミーティングのあいだに、みんなでおまえの見事な演技を見せてもらった」

おれは半年はやつらにからかわれるのを覚悟した。名コメディアン、マコト。

「じゃあ、もうやるべきことはわかってるよな」

キングは売れ残ったアイスケーキみたいにクールだった。

「ああ、ＲＡＩＮＢＯＷ企画と竹内とかいう男の裏を、もう調べさせている。あとは文豪倶楽部のほうもな」

おれはリコ姉から受けとった名刺に視線を落とした。竹内の事務所の住所は、乙女ロードから歩いて五分ほどの東京メトロ東池袋駅近くにあるビルの一室だった。おれはいった。

「名刺の住所を教えようか」

「いや、もうわかってる。電話番号もファックスもな」

さすがに手が早い王様だった。そこで、おれは嫌がらせをひとつ思いついた。

「なあ、あのコンカフェなんだけど、初回は無料なんだ。ワンドリンクに料理がひとつついてさ。Ｇボーイズ全員を一周送りこんでくれないか。どれくらい動員できるかな」

タカシは朝日を浴びた霧氷《むひょう》のようなきらきらとした笑い声をあげた。

「号令をかければ五百人ばかりは動かせるだろう。バイトを雇ってもいいな」

おれは文豪倶楽部が五百人の無料客でてんてこ舞になるところを想像してみた。

「タカシ、いつからやる？」

キングは笑っていった。

「今でしょ！」


ルコからの連絡があったのは、翌日月曜日の夜だった。水曜の午後八時に、東池袋の事務所に三人でできてもらいたい。おれは了解といって通話を切り、キングにその情報を流した。さて、あとは二日間心静かにメフィスト・ワルツを聴きながら、店番をしていればいい。

東京はそれなりに冷えこみながらも、いつもの冬の快晴が続いた。

おれはミカンより甘いポンカンを、ダンボール箱半ダースは売ったと思う。

なあ、アホの芝居より店番のほうが、おれの場合断然優秀だよな。


ＲＡＩＮＢＯＷ企画が入居した東池袋のエンピツみたいに細い雑居ビルは、かなり古びた六階建てで、三階と五階がテナント募集中だった。竹内の事務所は最上階の六階だ。午後七時、おれはＧボーイズのＳＵＶのスモークを貼った後部座席の窓から、タカシといっしょにビルを見あげていた。

「どうする、タカシ」

キングはこともなげにいう。

「フロアはだいたい四十平米だ。竹内には大手のすじ者のバックはついていない。ＲＡＩＮＢＯＷ企画と文豪倶楽部は同じ経営者がやってる。竹内は雇われ社長というところだな。あの部屋に詰めているのは、せいぜい半グレかチンピラが四、五人だろう。おれたちは四人組のチームを四つ用意した。エレベーターホールにひとつ。非常階段にふたつ。それにバックアップで、ビルの正面にとめたワンボックスにひとつ。計十六人の突撃隊とおれがいく」

過剰防衛の典型だった。

「最初に突入するのは、非常階段の二チームとおれだ」

キングは久々の現場で楽しそう。

「ドアの鍵は？」

「ピッキングで容易に破れる。ドアチェーンにはボルトカッターを用意してある。まあ、マコトが開けてくれるのが一番だが」

「突入のタイミングは？」

「おまえのスマホをつないだままにしておけ。緊急事態になったら、ひと言でいい。助けを求めろ。秒でいく」


五分前に雑居ビルの前に立った。池袋の明るい夜空を見あげた。乙女ロードのほうから、笹原姉妹がやってくる。おれは会釈だけして、ふたりとすえた臭いがするエレベーターに乗りこんだ。リコ姉がいった。

「ほんとにだいじょうぶなんですよね」

おれは前歯を全部見せて笑ってやった。獰猛《どうもう》な感じになるといいんだが。

「このビルに十六人プラスワンのＧボーイズが張りこんでいる。おれたちになにかあれば、やつらが突入してくる。まあ、見ていてくれ」

最上階でエレベーターが開いた。擦《す》り減ったタイルの先にはスチールの扉。ＲＡＩＮＢＯＷ企画というプレートが貼られている。おれは美人姉妹に振りむいてから、インターフォンのボタンを押した。サモンのにやけ声が返ってくる。

「よくいらっしゃいました。お待ちしていましたよ」

なんだかフリーザみたいな声だった。


そのまま土足ですすんだ。開いたドアの先には受付のカウンターがあり、その奥は黒いビニールのソファセットだった。そこに後ろ手に縛られたタニザキとなぜか緑雨がいた。ふたりともかなり殴られたようだ。顔が季節はずれのスイカのようにふくらんでいる。ソファをとり巻くのはサモンを含めて四人の凶暴そうな男。荒事が得意な半グレを集めてきたのだろう。おれとタニザキと緑雨を徹底的に痛めつけ、心が折れた女たちをＡＶか風俗の契約に落とす。竹内にしたら、いつもの手慣れた仕事のはずだ。

サモンはにこやかにいった。

「よくきてくれたな、真島。こいつらをかわいがりながら、待っていたぞ」

もうサモンは悪の本性を隠さなかった。おれはいった。

「タニザキはわかるが、なぜ緑雨がいるんだ？」

おれのほうでも、もう間抜けの振りをしなくてもいい。タニザキが泣き声でいった。

「全部、おまえのせいだろ。昨日から新規の客が百人もきて、うちのコンカフェはまともに営業できなかったんだぞ。それで会員証と店のカメラを調べたら、おまえとルコが見つかった。どうせ、店の様子を偵察にでもきたんだろ」

サモンが緑雨の頭を平手打ちした。灰色の髪が花火のようにふくらんだ。

「このアホウがおまえたちに声をかけて、ビラを渡したんだよな。いい営業妨害だ。昨日今日とうちは閉店中だぞ。おまえたちには二日分の損失補塡《ほてん》もしてもらわないとな」

サモンは男たちに命じた。

「女を連れてこい。真島のガキはこいつらと同じように痛い目を見せてやれ」

おれは胸ポケットでつなぎっ放しにしてあるスマートフォンに叫んだ。

「タカシ、今だ。鍵は開いてる」


そこからは一瞬だった。黒いパーカーとスエットパンツのGボーイズの突撃隊が、泥の奔流《ほんりゅう》のようになだれこんでくる。四人の半グレは数倍の人数で囲まれると、呆然として抵抗もしなかった。結束バンドで後ろ手に縛られ、すぐに床に転がされてしまう。

Gボーイズの誰かが低く叫んだ。

「騒ぐな、さらうぞ」

男たちは震えあがって、冷凍マグロのように床で静かになった。タカシは不満そうだ。電光石火の右ジャブストレートを披露するチャンスがまるでなかったのである。Gボーイズのひとりがデスクのノートパソコンをつかんだ。ダンボール箱にファイルや書類といっしょに詰めこんでいく。サモンが力なく叫んだ。

「なにしてくれてんだ?」

タカシは氷の笑顔でいった。

「池袋でこういう汚い仕事をするなら、おれたちGボーイズに挨拶するのが、道理というものだろ。ここにある資料はすべてもらっておく。返してほしかったら、今後のつきあいの条件をきちんと話しあおう」

サモンが虚勢を張っていった。

「おまえ、Gボーイズのキングだな。おれたちにこんなことをして、ただで済むと思うなよ。覚えとけ」

「ここにいる笹原姉妹、マコト、それにおれ。狙えるというなら狙ってみろ。おれもおまえたちに覚えさせてもいいんだぞ」

タカシはそういうと、さっと風のように動いた。サモンの背後に回り、右腕をねじりあげている。やつはあやつり人形のようにつま先立ちになった。

「おれたちがいかにフレンドリーか覚えておかせるために、ここにいる全員の右手の指を折っていってもいい。どうだ、床に転がってるやつらにきいてみろ」

キングは口にだしたことは、迷いなく実行するだろう。狭いオフィスが氷点下に冷えこんだ。床に倒れた男たちが口々にいった。

「折るなら、そいつだけにしてくれ」

「おれらは軽くタタキの仕事があると呼ばれただけなんだ。この会社とは関係ねえ」

タカシはサモンの耳元でいう。

「おまえには支えてくれる仲間もいないな。十分に学んだか。それとも教訓として、二、三本折っておくか」

今度は本心から震えあがったようだ。サモンは力なくいった。

「わかった。次回、条件を話しあわせてください」

キングはスーツ男の手首を離した。サモンはホストたちと並んで、ソファに座りこんだ。


どうやらＧボーイズとＲＡＩＮＢＯＷ企画とのビジネスは片がついたようだった。だが、もうひとつの問題が残っている。おれはいった。

「それで笹原リコの売掛金はどうなってる？」

サモンがいった。

「おれはタニザキから債権を百万で買っただけだ」

タニザキが叫んだ。

「竹内さん、おれを見捨てるのかよ」

ピンクの髪のホストを無視して、サモンがいった。

「その女には売掛金はない。タニザキが勘違いしていたようだ。残ってるのは、こいつのおれへの借金百万だけだ」

タカシは笑っておれを見た。

「そういうことだそうだ。それでいいか、マコト」

おれはうなずいて、涙目でびびっている緑雨を見た。

「それから、ここにいるグレイの髪のガキは殴られ損だ。今日でコンカフェを辞めるから、退職金として五十万払ってもらいたい。池袋署に駆けこんで、コンカフェと女を夜の仕事に流す仕組みをうたわれるよりましだろ」

サモンは舌打ちをしたが、うなずいていう。

「わかった。退職金だな」

おれは底辺ホストにいった。

「おまえ、向いてないから、この仕事もう辞めろ。仕事なら、そこにいる池袋のキングがなにか紹介してくれる」

目の周りを腫らした緑雨がいう。

「あの、キング、おれもGボーイズに入れますか」


そのとき、ルコがとてつもない大声をだした。

「マコトさん、キングさん、Gボーイズのみなさん、お姉ちゃんの借金をちゃらにしてくれて、ありがとうございます。みんなほんとに素敵です。リコ姉が変な仕事に就かなくて、ほんとによかったー」

そういうと声をあげて泣きだした。空気を読まない妹。姉のほうは妹の肩を抱いて、何度も頭をさげている。

「ありがとうございます……ありがとうございます」

タカシは苦笑していった。

「Gボーイズ、撤収だ」

それでおれたちはエレベーターと非常階段に分かれて、雑居ビルをくだった。その夜の二月の空気には、すこしだけ春のやわらかさがにじんでいるような気が、おれはした。

まあ、東京の冬なんて、昔からたいして寒くないんだけどね。


あとはみんな、その後の話。

文豪倶楽部はGボーイズの営業妨害から立ち直ったが、三月になると未成年の客に飲酒をさせたということで、三カ月の営業停止処分になった。ルコとリコとは別な客だが、そっちの妹のほうはまだ十七歳で、二十一歳の姉の身分証をもって、コンカフェにやってきたそうだ。店も最低だが、客のほうも負けていないというべきか。

リコ姉は今も西新宿の住宅メーカーで、日々働いている。もうコンカフェには懲《こ》りたので、しばらくは二次元の男を追いかけるそうだ。乙女ロードには手頃なキャラがたくさんいるから、当面退屈することはないはずだ。

ルコは大学の帰りに、たびたびうちの果物屋に立ち寄るようになった。おれとは話があうし、おふくろは最高の相手だというのだが、なぜか恋愛には発展しなかった。二回ばかり映画を観にいったんだが、いい友達で終わっている。まあ、そういう相性なのだろう。

タカシとはウエストゲートパークのカフェで会って、すこし話をした。三月になっていたので、やつは新しいモスグリーンのスプリングコートを着ていた。プラダ。おれは去年のユニクロのウルトラライトダウン。サクラが咲くまではまだだいぶ間があるが、枝の先の蕾《つぼみ》には濃く色素がたまっている。おれはキングにいった。

「ＲＡＩＮＢＯＷ企画とは、どうなったんだ？」

「業務提携をしたさ。やつらからは月極めで金を受けとり、Ｇガールズで風俗や水商売をやりたいやつがいれば、向こうに紹介する。向こうにしたらプラマイゼロというところじゃないかな」

グローバルリングのした、おれは春の陽炎《かげろう》を見ていた。円形広場の石畳から熱気が立ちのぼっていく。

「ふーん、そういうもんか」

「ああ、そういうもんだ。ちょっと儲けて、ちょっと損をして、結果ほんのすこしだけ浮いていればいい。マコトんちの果物屋だって、そうだろ？」

確かに一生懸命働いて、ほんのすこし利益が生まれ、のんびり池袋の街で暮らしていけるなら、それで十分だった。タカシは意外なことをいう。

「あの妹のほうから、質問されたんだ。マコトはどんな女の子がタイプなのかって」

そいつは明らかな恋愛フラグだった。

「なんてこたえたんだよ？」

「今、マコトは女に興味がないみたいだと、正直にいったさ。だって、ルコにはまったく手をださなかったんだろ」

だんだんと逃した魚がおおきく思えてきた。村上春樹を研究し、卒論を準備している女子大生と出会うチャンスなど、もう一生ないかもしれない。でも、マジな話、ほんとの妹みたいでぜんぜんそんな気分にならなかったのだ。

誰とのどんなつながりが恋愛に発展し、一方未遂に終わるのか、これればかりは、どんな文豪だってわからないもんだよな。恋は小説より奇なり。

男女最終戦争

池袋の街も、青だ、赤だと色の違いで内戦をしていた頃は、まだよかったよな。オトコ色とか、オンナ色なんて、昔の小学校みたい。

カラーギャングの対立が先鋭化して、敵の色を着てるやつなら誰かれかまわずナイフを振り回していた牧歌的な時代だ。サンシャイン通りを半分に割り、青のGボーイズと赤のレッドエンジェルスがドンパチしていたなんて、ほんと遥か昔みたいだよな。まあ、あのときは関西系の某組織が裏で動いて、赤のチームを焚《た》きつけていたというシンプルな話だった。

けれど、男たちの三分の一（女は五分の一）が生涯独身で、未婚率がロシアの超音速ミサイルみたいに跳ねあがった現在では、敵はまったく別な種類になっちまった。別の派閥のギャングなんかじゃないんだ。

敵はすぐ近くにいて、毎日のように目にして、話をして、いっしょに仕事をしたりしている。敵同士でも、笑顔で仲間を装っているのだ。内心ではおたがいのことを、相手ばかりが制度に守られ、恵まれたポジションで有利に暮らしていると、胸の奥では憎みあいながら。淋しい話だよな。

　現代社会で秘密裏に進行中のゲリラ戦では、悲しいことに男の最大の敵は女で、女の敵は厳然《げんぜん》として男なのだ。

　女たちはいつまでたっても社会の支配階級を占めるのは男ばかりだといい、男たちは「男性支配」はフェミニストがつくりあげた虚構で、異性を選ぶ権利は女が独占しているという。結婚制度の評価も真っ二つ。女たちは、姓を無理して男にあわせるうえ、家事・育児の負担を押しつけられる女性にとって不利な制度だといい、男たちは結婚は経済的に不利益しかなく、離婚の際の財産分与も不公平で、男性に不利な制度だという。

　要するにミソジニー（女性嫌悪）とミサンドリー（男性嫌悪）が強烈にぶつかりあうのが、今のX（ほんとにダサい改名！）やヤフコメなんかで日々目にする男女最終戦争だ。この世界には男と女しかいないんだから、もうちょっとおたがい優しい目で見れば、なんて不用意に甘いコメントを書けば、あっという間に大炎上。性はふたつでなく数十あるとか、あんなに野蛮《やばん》な原始種族（男たち！）とは相容《あいい》れないとか、理屈ばかりのがりがりフェミニスト（女たち！）はお断りとか、双方からめちゃくちゃに叩かれちまう。

　今回のおれの話には、童貞ばかりの反女性団体や女にもてないことが売りのお笑い芸人、そして硫酸《りゅうさん》を女性にかける頭のおかしなアシッドアタッカーが登場する。

　まともそうなやつが誰もいないって？　そんなことおれにいわれても困る。この夏は異常に暑かっただけでなく、男女間の憎悪戦争も果てしなく盛りあがっていたんだ。

　おれはただ目の前に広がる荒れ果てたニッポンを、レポートしてるだけなんだからな。

春は一瞬で終わり、いつものように灼熱《しゃくねつ》の夏が池袋にやってきた。

おれは西一番街のカラータイルに果てしなく打ち水をしながら、人通りの絶えた昼下がりの街を眺めているだけ。それはそうだよな。午前中に三十五度を超える猛暑日を記録したら、外出しようなんて気には誰もならなくなる。

「まったくなんていかれた男だろうね。女の子の顔に硫酸をかけるなんて。捕まえたら、すぐ死刑でいいよ、こんなやつ」

腕組みしながら店先においてある液晶テレビを眺めていたおふくろが吐き捨てるようにいった。

硫酸・塩酸《えんさん》・硝酸《しょうさん》なんかの劇薬を人（主に女性）にかけるアシッドアタックは、日本ではめずらしいが、中東や南アジアでは割とポピュラーな犯罪。悪質なヘイトクライムだ。

「どこで起きたんだ？」

「三軒茶屋《さんげんぢゃや》駅におりる階段の途中だって」

おれもテレビに目をやった。地下におりる入口に黄色い規制線が張られている。薄暗い階段がフラッシュで浮きあがり、鑑識課員が何枚も写真を撮っていた。画面はすぐに被害者の顔写真になった。おふくろはのんきにいう。

「へえ、けっこうきれいな子じゃないか」

きりりとした勝気そうな美人だった。写真したのテロップを読む。エッセイスト・評論家　下《しも》村《むら》カレンさん。年齢はなし。女子アナが淡々と読みあげた。下村さんは顔と手に硫酸をかけられ、近くの病院で治療中ですが重傷です。犯人は二十代から三十代の男性で、現場から逃走しました。下村さんはフェミニストとして有名で、警察は個人的な怨恨《えんこん》と反フェミニズムによるテロの両面から捜査を開始しています。

「ああ、この人の本なら、おれも一冊もってるよ。男としては読むのがつらいけど、女からしたら世界はそう見えるんだろうなって感じ」

おふくろが眉をひそめて、おれをにらんだ。

「ふーん、男どものことをこてんぱんに書いてる本かい？」

うちの果物屋はずいぶん昔から徹底した女尊男卑なので、おれはおふくろに自然に調子をあわせた。

「うん、そんな感じ」

「じゃあ、どっかにいくまえに貸しとくれ」

二階の四畳半から、エッセイ集の文庫本をもってきて、おふくろにわたした。

「『男はみんなサルである』。いいタイトルじゃないか。でも、なんでサルなんだろうね」

おれは店番用のエプロンをはずしながら返事をした。

「なんでもさ、サル山のサルって、自分の順位を正確に知ってるんだって。四十八匹中三十二位とか。序列と権力だけで生きてる男社会の話だったよ」

おれはうちの果物屋の最低ランクであるナンバー2だが、社会的な序列のなかでは生きていない。ほんとにこのフェミニストのいうとおり、ほとんどの男は自分の偉さを完全に数値化して自覚しているのだろうか。そいつはずいぶん苦労の多い生きかただよな。おふくろはおれの格好をチラ見した。

「今日は新しい依頼なんだろ。そんな服でいいのかい?」

おれはいつものクラシック・ロックT(レッド・ツェッペリンのデビューアルバムの燃える飛行船がプリントされたやつ)と軽めのダメージジーンズ。ジャケットはさすがに暑いので、上着代わりにベストを羽織っていた。

「いつもこんなもんだろ」

おふくろはご機嫌ななめ。

「だからさ、新しい女子との出会いだって、あるかもしれないじゃないか。マコトもおかしな事件にばかり頭突っこんでないで、たまにはうちにかわいいガールフレンドでも連れてきなよ」

「はいはい、チャンスがあったらな」

「チャンスは自分でつくるもんだろうが。いい子がいたら、がつがついくんだよ」

出がけに母親から、ナンパをすすめられるほど、やる気がそがれることはない。

おれは黙って店を離れた。約束の時間まで、あと十分だ。

待ちあわせはウエストゲートパークのなかにある東京芸術劇場。五階まであがる乗り継ぎ形式の長いエスカレーターの手前である。猛暑日で汗だくのおれは三分まえには現着した。Gボーイズの王様、安藤崇がサックスブルーのサマースーツ姿で、汗ひとつかかずに待っている。背後には黒いパーカーを着たボディガードの巨漢がふたり。

「待たせたな、いこうぜ、タカシ」

おれがキングにため口を利くと、なぜかボディガードが不穏な空気になった。おれはやつらみたいに忠実な臣下じゃないんだが。タカシは真夏のブリザードのような声でいう。

「三茶《さんちゃ》の硫酸事件見たか?」

「ああ、さっきニュースで」

タカシが先にエスカレーターに乗った。巨大な三角形のガラス屋根には点々と暑さで動きの鈍くなった鳩がとまっている。この吹き抜けは高さが三十メートル近くある豪壮なもの。神様のいない教会みたいだ。

「今回の依頼は、そいつと関係があるらしい。ニュースにはなっていないが、未遂の硫酸事件が以前にも起きているようだ」

そんな話はまるできいていなかった。

「ちょっと待ってくれ。おれは人気のお笑い芸人のトラブルだっていわれただけだぞ。熱烈なファンをなんとかしてくれって。女に硫酸をかけるような頭のいかれたやつなんて、話にもならないだろ」

キングはエスカレーターの先を見あげた。

「まだ九十秒はかかるな。簡単にレクチャーする」

まったく急に人を呼びだしておいて、能天気な王様だった。

ゆったりと上層階に運ばれながら、タカシはいった。

「どっきりビギンズは知ってるか?」

おれの芸人に関する知識は、年に一度のM-1くらい。適当にこたえる。

「最近人気のお笑いコンビだろ」

「そうだ。漫才とコントを半々でやってる。ビギンズ坂本《さかもと》がボケで、ビギンズ徳山《とくやま》がツッコミ。話題になった理由は、ボケの坂本が童貞のまま三十歳になり、自分をリーダーにして女嫌いの童貞集団を立ちあげたことだ」

それなら、おれも知っていた。ユーチューブで一千万回再生を超えているからな。見たくなくともショート動画で流れてくる。

「かなりキモイやつだよな。『純情男魂団《じゅんじょうだんこんだん》』とかいうんだろ」

純情男魂団、略して、ジュンダン。ファンはみんな、ビギンズ坂本と同じように田舎の中学生みたいなイモジャージをユニフォームにしている。

「笑いをまぶしてあるが、ジュンダンが訴えているのは、過激な男性中心主義だ。男性が社会を支配しているというのは嘘である。恋愛・結婚において選ぶ権利は女性にしかない。自分たちは望まぬ禁欲者……インセルってやつだな……で、非イケメンの遺伝子的な負け組だそうだ」

経済格差は、恋愛とセックスにもおよび、今や負け組の男たちは、権力どころか金にも女にもありつけない逃げ場のない船底に押しこめられている。

おれにもジュンダンの気もちが半分はわかった。いつまでたっても年収は三百万円台だし、彼女がいない時期のほうが長いしな。つい本音が漏れてしまう。

「なあ、タカシ、おれって遺伝子的な負け組なのかな」

池袋のキングが振りむいて、あきれた顔をした。

「おまえもおれも、そういう序列からはずれたくて、こんな依頼を受けてるんじゃないのか。ストリートで生きてるんだ。やつらのいうことなんて関係ないだろ……」

タカシはそこでなにかを思いついたようだ。

「だが、マコトの顔を見てると、とくに勝ち組とは思えないな。負け組とまではいわないが、引き分け組ってところだろ」

女嫌いで有名な池袋イチのイケメンの台詞だった。エスカレーターから突き落とそうかな。

「で、ジュンダンのなかに硫酸男がまぎれこんでいるのかもしれない」

「そういうことだ。さあ、着いたぞ。ちょうど九十秒だ」


エスカレーターをのぼりきったところには、どっきりビギンズのポスターが貼られていた。芸術劇場のちいさいほうのプレイハウス（といっても収容八百人を超える中ホール）での単独公演だった。たいしたものだ。タカシがいった。

「『女のいない男たち』か、なかなかいいタイトルだな。昼夜の公演はチケット完売だそうだ」

おれはポスターを観察した。ガザかアウディーイウカかわからないが、どこか手ひどく空爆を受けた都市の廃墟を背に、緑のイモジャージを着たコンビがファイティングポーズをとって立っている。

「ちいさいほうが坂本か」

タカシがうなずいた。

「ああ、ネタを書いて、漫才の八十パーセント以上はこいつがしゃべってる」

黒縁メガネをかけたチビだった。三白眼《さんぱくがん》の危なそうな目をしている。もうひとりは背が高く、イモジャージをなかなかカッコよく着こなしていた。

「で、でかいほうが徳山？　こいつは童貞には見えないな」

キングがくすりと笑った。やつの皮肉な笑いの琴線《きんせん》にふれたのだろう。

「徳山はこれまで三回の謹慎処分を受けている。未成年の女との飲酒、劇場オーナーの妻との不倫、大手事務所の女優に二股。おもしろいな」

あきれた。お笑いの才能にはあふれているが、三十歳でも童貞の坂本と、お笑いは冴《さ》えなくとも女にもてまくる徳山。ひどくねじれたコンビ格差だった。思いついて、おれはきいてみた。

「タカシがなるなら、どっちのほうがいい？」

キングは不服そうな表情になった。

「おれがお笑い？　こんなに笑える世のなかで暮らして、これ以上新しい笑いなんていらないだろ。おれはどっちにもなるつもりはない。さあ、そこのカフェだ。いくぞ、マコト」

確かに王のいうとおり。この世界は笑うにはキツすぎる冗談で満ちている。

天井の高いカフェだった。公演までの暇つぶしにぴったりの優雅なフロアで、テーブルのあいだには観葉植物の大鉢がおかれ、吹き抜けから明るい光が回っている。一番奥のテーブルに緑のジャージのふたりが見えた。もうひとりも若い男で、グレイのスーツを着ている。ネクタイは黒のニットタイ。その男が立ちあがり、こちらに手をあげた。

タカシとおれはやつらのテーブルに向かった。背後にはボディガードがふたり。おれたちが近づくとチビのボケ、坂本だけ立ちあがった。徳山は無関心でスマートフォンをいじっている。坂本の身長は一六〇センチあるかないかというところ。スーツの男がいった。

「どっきりプロダクションの代表で、ビギンズのマネージャーをしている横井《よこい》です。安藤さん、お待ちしていました。そちらがお話しされていた真島さんですか」

タカシがうなずいたので、おれはいった。

「真島誠です。タカシとは高校からの腐れ縁で」

横井は切れ者のサラリーマンという印象。

「真島さんの捜査能力はすごいんですよね。期待しています。で、こちらがうちのタレントで、どっきりビギンズの坂本と徳山です。といっても、うちにはこのひと組しかいないんですけど」

総勢三人の独立プロダクションか。坂本が絶妙な間でカットインする。

「へえ、この人が池袋のGボーイズのヘッドなんだ。おれが苦手なイケメンの匂いがするなあ。いつも、そんな強面《こわもて》のボディガード連れてるんですか」

タカシは質問を無視したが、黒いパーカーのふたりがチビを睨《にら》みつけた。坂本はテレビでもすぐにわかるかん高い声で、ひどい早口だった。地声がでかいのだろう。カフェの隅々まで聞こえるようだ。

「ひえー、おっかないな。おれ、ガキの頃からこういう人に何度もカツアゲくらったんで、ほんとにバイオレントな人は苦手なんだよなあ。びびっちゃうから、変な目で見ないでくださいよー」

肝《きも》の据わった男だった。言葉つきは下手《したて》に出ているが、心はすこしも揺れていない。Gボーイズの武闘派をまるで恐れていなかった。マネージャーがいった。

「座ってください」

タカシとおれは対面に席をとった。タカシが振りむいてうなずくと、ボディガードふたりはとなりのテーブルで、カフェの入口が見えるように並んで座った。

「安藤さんも真島さんも、三茶の硫酸事件ご存知ですよね」

おれたちがこたえるまえに、坂本が口をはさんだ。

「ほんと、やめてほしいんだよね。せっかく今、波がきてるのにさ。なんなんだよ。硫酸男がおれたちのファンだなんて。ふざけんじゃねーよ。なんだよ、ジュンダンダンって、語呂《ごろ》がよすぎんだろ」

ジュンダンダン？　意味がわからない。横井マネージャーが開いたパソコンをこちらに向けた。

「真偽はわかりませんが、硫酸事件の犯行声明が十五分まえマスコミ各社に送られたんです。坂本がやっている純情男魂団にさらに男の字を足して、犯人はジュンダンダンと名乗っています」

ジュンダンダンは「純男男」なのか。ふざけたやつ。マネージャーがいった。

「安藤さんたちが高校以来のつきあいなら、わたしたち三人は中学校からずっといっしょなんです。ビギンズはデビューから八年、まったく売れずに苦労して、ようやく日の目を見たところで……」

ボケの坂本が割りこんだ。

「来月には日本武道館で単独公演が決まってるんだ。八千枚のチケットは十八分で完売。アリーナ席一万円、スタンド席八千円。締めて七千万弱。さらに全国で配信チケットが三万枚以上売れてる。動員力すげーだろ」

おれも坂本に負けずに余計なひと言をはさんだ。

「配信はいくらなの？」

坂本は八重歯をむきだして笑った。肉食のリスみたい。

「四千円！　すげーだろ」

おれは案外、坂本とウマがあうかもしれない。頭のなかで計算する。三万枚で一億二千万、武道館のチケットをあわせると一夜の興行で二億円近くの金が動く。うちの果物屋では四分の一に割ったスイカの値段が五百円。いくつ売ったら、億に届くのだろうか。感心していった。

「お笑いって、夢があるんだな」

坂本は八重歯だけでなく、歯ぐきまでむきだして獰猛に笑う。

「まったくなー。女たちに嗤《わら》われてる童貞のブサメンだって、数を集めりゃ、でかい商売になるんだよ。ちゃらちゃら遊んでるモテ男なんて、みんな新型性病で死ねばいいんだ」

愉快なやつ。童貞じゃないけど、おれもジュンダンに入ろうかな。

そのとき、静かな劇場のカフェで動きがあった。

「坂本さーん」

振りむくと、緑のイモジャージを着た小太りの男がこちらに向かって駆けてくる。電光石火で動いたのはGボーイズのボディガードだった。

ひとりはキング・タカシを守り、もうひとりがイモジャージにショルダータックルをぶちかます。木目がきれいなフロアに小太り男を押し倒すと、体重を乗せた肘《ひじ》をやつの喉仏《のどぼとけ》に押しこんだ。ひゅーひゅーと苦しい息が響いて、男がかすれ声でいった。

「助けてください……坂本さんの……団長のサインが……欲しかっただけなんです」

マネージャーがしゃがみこんで、やつの顔を覗きこんだ。

「安藤さん、この人は何度かうちのライブにきてくれたことがある熱心なファンです。放してあげてください」

ボディガードが力を抜いて立ちあがった。マネージャーはすみませんといいながら、小太り男の手を引いた。色紙とサインペンを差しだす男に、坂本はいった。

「サインはするけどさ、おれはうちの団員を甘やかさないからな。店のなかで走ったり、でかい声だすんじゃねーよ。みなさんに迷惑だろうが。おまえ、Gボーイズにボコられて、埼玉の山んなかに埋められるぞ」

ファンの男は怖がってはいるが、実にうれしそうだった。坂本にはタカシとは別なカリスマがあるようだ。サインが済むと、やつは坂本に背中を向けた。

「すみません、あの、ジャージにもサインしてください」

坂本は苦笑した。

「おまえ、なかなかのタマだな。いいけどさ、この千円ジャージ、ネットで十万で売るんじゃねーぞ。売ってるの見つけたら、ボコすからな」

タカシやGボーイズがいえばリアル恐怖だが、カツアゲ被害常連のチビが口にすると不思議な愛嬌があった。かわいい声で吠える強気なトイプードルみたい。


小太り男が大満足でいってしまうと、おれたちは話の続きに戻った。

「そういえば、以前にも未遂事件があったと聞いたんだけど」

おれがそういうと、横井マネージャーは困ったようにいった。

「未遂事件というより、うちの事務所のジュンダン板に犯行予告がありまして……」

タカシとおれは目を見あわせた。

「さっきのパソコン見せてくれ」

おれは横井の後ろに回った。どっきりプロダクションのサイトには、緑のおおきなバナーがある。純情男魂団　男の広場。そこをマネージャーがクリックすると、数十という書きこみが並んでいた。

さっと目をとおしていく。フェミニストは一週間ハチミツ漬けにしてから、スライスして紅茶に浮かべ、香り高い午後のお茶を楽しむ。ジュンダンだけしかいない島へ、メンクイの女たちを送りこみ、男性に対する美意識を根本的に矯正《きょうせい》する。男も女も経験人数百人以上は、男女を完全隔離した収容所送り。実際の書きこみはもっと冗談めかしているが、童貞たちの不満と自分たちを相手にしてくれない女たちへの怒りで満ちていた。

おれといっしょに画面を読んでいたタカシがいった。

「千通でいっぱいのスレッドが、これで二十六か。ずいぶんな数だな」

マネージャーの顔色はかなり悪くなっていた。

「だいたいは坂本のギャグをもう一段過激にして、笑いを狙ったものなんですが、ときどきほんとうに危なそうなファンもいるみたいで……」

横井はパソコン画面に新しいウインドウを開いた。今度はせいぜい百足らずの書きこみ。さっきのと比べるとやけに短かった。

「こちらはうちのほうで男の広場から削除したものです。あまりに暴力的だったり、頭のおかしな書きこみだったり、放置しておけないので、こちらに移して管理していました。ちょっと待ってください」

横井は画面をスクロールさせる。隔離ファイルから、先月半ばのものを選んだ。ハンドルネームはジュンダン命。

男より女のほうがエライと勘違いした女たちに天誅《てんちゅう》！

こいつで溶かしてやる！

横井マネージャーはテーブルのしたにおいてあったアタッシェケースから、ジップロックの小袋をとりだした。なかに入っているのは、ガラスの小瓶。よく海の家で売っている星砂を入れるようなサイズのガラス瓶だった。おれはいった。

「そいつがジュンダン命から、送られてきたのか？」

坂本がうなるようにいった。

「まったく頭おかしいな。フェミニスト叩きはこっちにしたら売れるためのネタなのに、本気で人を溶かしたいって変態がまぎれこんでくるんだからなー。マンザイよりいかれてるだろ」

「ちょっといいかな」

おれは横井からジップロックを受けとった。軽く振ってみる。ガラス瓶のなかの液体は水よりもとろりとしていて粘度が高そうだった。

「こいつの中身は確かめたのか」

坂本がいった。

「うちの事務所は三人だけで、鑑識課なんてあるはずないだろ。今までただ保管してただけだよ。たちの悪いギャグで中身はガムシロップかもしれないしさ」

確かにその可能性のほうが高いだろう。普通に考えたら硫酸をお笑い事務所に送ってくるはずもない。タカシが凍りついた水たまりみたいな声でいった。

「今日の午前中に硫酸事件が起きた。犯行声明で犯人はジュンダンダンと名乗っている。マコト、どう思う?」

おれはマネージャーにいった。

「警察からの連絡は?」

横井の顔色がいっそう悪くなった。

「いえ、まだありません」

おれはいった。

「じゃあ、先手を打って、こっちから警察にいって、捜査に協力すると申しでたほうがよさそうだな。どっきりプロって、どこにあるんだ?」

坂本が割りこんだ。

「池袋本町《ほんちょう》、おれたち地元の私立中学で同じクラスだったんだよ。おれはいじめられっ子、徳山はカースト上位の遊び人、横井は成績優秀な学級委員。世のなかって、おもしろいよな。底辺のおれが今じゃ、一番の稼ぎ頭なんだから」

そのときずっと黙っていた女たらしのツッコミがスマートフォンを手に立ちあがった。

「夜公演のリハーサルまで時間あるよな。おれ、ちょっと用を済ませてくるわ」

コンビの相方もマネージャーも、徳山にはさして関心がないようだった。坂本はいう。

「ああ、わかった。時間までに楽屋にきてくれよ」

不思議な雰囲気の男だった。事務所の一大事で、自分たちのファンのなかに硫酸男がいるかもしれないのに、どこ吹く風。こいつはよほどの大物か、徹底して他人に無関心なのか。よくわからないキャラクター。

タカシがいった。

「警察に通報するなら、早いほうがいいな。マコト、動けるか」

おれはジーンズのポケットからスマートフォンを抜いた。横井マネージャーにいう。

「知りあいの池袋署の刑事に電話してみるけど、これからいっしょに署にいけるかな」

坂本がいった。

「夜公演のあとは、二十五時からラジオのゲストで三十分だけだろ。ネットも炎上してるんだから、明日になるとまずいかもしれない。横井はその瓶もって、さっさとゲロったほうがいいよ。ただしマスコミに漏れないように、この件は伏せてもらえるように頼んどいてくれ」

おれは横井マネージャーの返事を待たずに、カフェを出た。エスカレーターまえのホールで、スマホを使う。直通番号の先は池袋署生活安全課の万年ヒラ刑事・吉岡だ。


「はい、生活安全課」

吉岡の生活に疲れた声。半袖の開襟《かいきん》シャツの肩に落ちたフケが目に浮かぶ。

「おれだよ、マコト」

「なんだよ、おまえか。忙しいから、おふざけなら切るぞ。おふくろさん元気か？」

吉岡はいつもおれより、おふくろの動向を知りたがる。頭髪が薄くてフケ症の中年男でも恋はするみたいだ。

「おふざけじゃないよ。三茶の硫酸襲撃事件の手がかりをやろうかと思ったんだけどな……」

吉岡が生活安全課の安デスクで前のめりになるのがわかった。それはそうだよな、ほんの九十分前のテレビのトップニュースだ。

「本気でいってるのか?」

「ああ、目のまえに某芸能事務所の代表がいる。その事務所のサイトに書きこまれた犯行予告的なメールと、送りつけられたガラスの小瓶が手元にある。二十分後にそっちに顔だすよ。それで、どうかな」

万年ヒラ刑事がおおあわてでいった。

「ちょっと待て、マコト。芸能事務所と犯行予告とガラス瓶だと、今メモするから、待ってくれ」

大人の警察官をからかうのは、いつも楽しい。おれは余裕でいってやった。

「いや、待たない。こっちでも話があるんだ。このネタは吉岡さんの手柄にしていいから、その後の捜査情報もちゃんとおれに流してくれよ」

吉岡の声が一段おおきくなった。

「ふざけんな。果物屋の店番にそんなもん流せるか」

許せない職業差別だ。どこかの知事みたい。政治家や公務員は知的で、店番や農業従事者よりもインテリジェントだと、はなから決めつけている。

「じゃあ、この話はなしだ。三軒茶屋だと世田谷警察署でいいのかな……そっちにいこうかな」

吉岡は手のひら返しで猫なで声をあげた。

「待て、待て……今度ラーメンおごるし、決して悪いようにはしないから、おれのところにきてくれよ。おれとマコトの仲じゃないか。おまえとは中学生の頃からの旧いつきあいだろ」

現金な刑事。だが、吉岡は決して悪い男じゃない。約束は守るし、ちゃんと男気もある。まあ、だからといっておふくろとつきあうのを認める訳じゃないのだが。

「わかった。しっかり情報はくれよ。じゃあ、二十分後に」

「ああ、で、どこの芸能……」

こちらには、もう用がなかった。中学生のとき、補導されて散々説教をくらった相手の電話をガチャ切りする。あんたもやってみるといいよ。ほんとに胸がスカッとするから。

おれはいい気分でカフェに戻った。二十分後に池袋署のアポをとったというと、横井マネージャーが目を丸くした。

「すっかり忘れてた。おれたちへの正式な依頼の内容はどうなるんだ?」

おれがそういうと、マネージャーではなく坂本が口を開いた。

「まず最初に、ジュンダンダンのやつを探すか、止めるかして欲しい。うちの団から犯罪者が出るのは嫌だから、できるだけ内密にお願いする。で、そっちの問題は警察にまかせるというなら……」

坂本は横井マネージャーと目を見あわせた。

「実はおれのほうにもさ、嫌がらせとか脅迫がきてんだよ。散々テレビとかユーチューブでいいたいことといいまくったから、殺してやるとか、犯してやるとか、食べてやるとか、埋めてやるとかさ。まあ、こういう商売してるから慣れっこではあるんだけど、せめて武道館までは健康でいたいからさ、おれのガードも頼みたいんだ」

先ほど小太りのファンをねじふせたGボーイズの武闘派に目をやった。

「そのふたりは優秀そうだから、このまま今日からうちのほうで働いてもらってもいいけどな」

タカシは平然とうなずいた。

「タレントのボディガードなら、まかせてもらおう。だが、硫酸事件のほうはGボーイズよりもマコトのほうが向いていると、おれは思う。こいつなら、池袋署に顔が利くしな」

坂本がうなずいていった。

「わかった。それでいい。ギャラのほうは、うちの代表と話してくれ。おれは武道館向けの新ネタづくりで忙しいんだ」

キングがさらりといった。

「マコトのほうのギャラは、必要経費だけでいい。こいつはGボーイズのおまけだ」

どうだという顔でキングはおれを見た。まあ、いつもタダ働きなのだが、人からいわれるとなんとなく腹が立つ。今回移動はすべてタクシーにしようかな。横井マネージャーが心配そうにいった。

「ほんとうにそれでいいんですか、真島さん」

おれは一生金持ちにはならないだろうと思った。だが、口は勝手にやせ我慢する。

「ああ、いいよ。がんばっても、うまくいかないときもあるしな。じゃあ、横井さん、いこうか」

東京芸術劇場から池袋署までは、ほんの百八十メートルほどの距離。横井マネージャーとおれは炎天下、ぶらぶらと警察に向かった。スーツを着こんだマネージャーはすぐに汗をかき始めた。日本の夏にスーツは厳しいよな。

「安藤さんはあいってましたけど、真島さんを無報酬で働かせるなんて、Gボーイズもひどくブラックな労働環境なんですね。安藤さんにはないしょで、うちの事務所から真島さんにお支払いをしてもいいんですよ」

おれとタカシのあいだに雇用関係があると勘違いしているみたいだ。

「タカシとは古くからの友達で、好きで手伝ってるだけなんだ。あいつから金をもらったことはほとんどないし、おれも金のためにトラブルシューターの真似事をしてる訳じゃない。気を使わなくてもいいんだ。あんたたちのところだって、中学校以来の幼馴染《おさななじみ》みなら、友達の延長線上なんだろ」

横井マネージャーは軽くため息をついた。

「売れるまえは確かに同じ夢を見て、友達同士でいっしょに走ってる感じでしたよ。でも、成功するとだんだんとただの友達じゃいられなくなる。とくに今回の武道館ライブみたいなビッグイベントがあるとね。おおきな金が動くし、ビギンズのふたりも神経張り詰めてぴりぴりしてるし。なかなかむずかしいもんですね」

そうか、おれとタカシのあいだでは巨額の金が動いたことなど一度もなかった。それが良好な関係を続ける秘訣なのかもしれない。横井マネージャーはいった。

「でも、すこし驚きました。坂本は初対面の人には、もっと人見知りになるんですけど、真島さんにはすぐに自分から話しかけましたよね。ああいうのはめずらしいんです」

「へえ、そうなんだ。坂本さんって、おもしろいよな」

交差点の赤信号でおれたちは遅い午後の日ざしを浴びながら立ち尽くした。気温は三十度台なかば。誕生日ケーキのキャンドルみたいに頭から溶けそう。おれはいった。

「さっきの悪質書きこみのファイルを、おれのラインに送っておいてくれ。こっちでもすこし調べてみる」

「了解しました。失礼ですが、真島さんが今のお仕事にご不満なようでしたら、うちの事務所で働いてみる気はありませんか。安藤さんからは文章も上手いとうかがっていますし、人あしらいもなかなかです。なによりうちの坂本と気があいそうだ。実は事務所を拡大したいと思ってるんですけど、なかなかいい人がいなくて」

おれが芸能事務所で、お笑い芸人のマネージャーになる？　今年一番の冗談かもしれない。果物屋の店番よりも刺激が多そうだし楽しそうではあるけれど。

「いや、おれまともな会社に就職したことないし、毎日オフィスに出勤するって考えただけで、ジンマシンが出そうだよ。フリーでコラムを書いてるから、なにか文章仕事があったら、発注してみてくれ」

普段は店番で、ときどき好きな文章を書いたり、街のトラブルに頭を突っこんだりする。たいした金にはならなくとも、それくらいの働きかたがおれにはちょうどよさそうだった。

「さあ、池袋署だ。さっき話したことと同じ内容を、あわてずに伝えるんだぞ。警察相手にはまず正直に話す。何回か同じことを聞かれるけど、迷ったり、話の中身を変えたらダメだからな。心を揺らさずに、同じことをいい続けるんだ。わかったな？」

池袋署のエントランスには警杖《けいじょう》をついた若い警官が立っていた。この暑さでは日陰でもしんどそうだ。おれはお疲れ様ですと声をかけた。横井は会釈して過ぎる。ガラスの自動扉の奥は冷房が効いていた。入るとすぐに受付カウンターなのだが、警官に声をかけようとしたところで、横から腕を引っ張られた。

「おい、受付なんかいいんだ。マコト、こっちこい」

玄関ホール脇の階段をあがり、取調室ではなく来客用のブースに連れていかれた。吉岡だけでなく若い刑事もついてくる。椅子は不快なパイプ椅子でなく、ちゃんとしたソファセット。黒のビニール張りだけどな。

おれたちが席につくと、遅れて吉岡よりは四、五歳若いオールバックの男が入ってきた。胸が厚く、耳が潰れている。学生時代は柔道かレスリングを真剣にやっていたのだろう。

「情報提供とご協力感謝します。池袋署生活安全課課長、関谷《せきたに》です。犯行声明のペンネームから、御社にご連絡を入れるところでした。ご足労ありがとうございます」

じっと動きのない目で、横井を見つめている。こいつは手ごわそうだ。横井マネージャーが会釈していった。

「池袋本町にある株式会社どっきりプロダクションの代表で、横井といいます。今回の三軒茶屋の硫酸事件で、実は気になることがあって、真島さんに吉岡さんをご紹介いただきました。弊社のタレントどっきりビギンズが『純情男魂団』というファンクラブ的な団体をつくっておりまして、そこのファンサイトに硫酸事件を思わせる犯行予告がありました」

横井マネージャーはおれを見てから、アタッシェに手を伸ばした。ジップロックの小袋をとりだす。なかにはとろりと透明な液体を封じこめたガラスの小瓶。

「同じ相手からだと思うのですが、こんなものが送られてきました」

関谷課長の顔色が変わった。吉岡と組んでいる若い刑事も色めき立っている。センターテーブルにはジップロック。高性能爆薬か、生物兵器でも見るように、その場の全員の視線を集めている。

生活安全課の課長が吉岡刑事にあごをしゃくってみせた。

「わかりました。ここからはうちの部署が丁重にお話を伺いますから、真島さん、あなたは席をはずしてもらえますか。吉岡くん、お見送りして」

吉岡もさすがにタヌキだった。顔色ひとつ変えずに、立ちあがった。おれに軽く頭をさげていう。

「真島さん、ご苦労様でした。下までお送りしますので、こちらへどうぞ」

横井マネージャーが抗議するようにいった。

「ですが、真島さんは今回の件の対応のために、うちの事務所でお仕事をお願いしているんですが……」

関谷課長は冷たい目を動かさずに、口元だけで笑顔をつくった。

「ご事情はわかりました。ですが、ここから先は警察の管轄で、捜査上の守秘義務が発生するかもしれません。真島さんのお名前は池袋署ではそこそこ知られていますが、素人の街のトラブルシューターになど、今回のような重要事案をまかせることはできません。さあ、吉岡くん、早く」

「素人の」というところだけ、強いアクセントがついていた。嫌な感じ。吉岡がおれの肩に手をかけてくる。おれは払いのけてやった。

「真島さん、いきましょう」

おれは万年ヒラ刑事にうながされ、しぶしぶ来客用のブースを離れた。


階段の踊り場で、吉岡が低く声をかけてくる。

「すまんな、マコト。あの課長、Gボーイズにコケにされたことがあってな、タカシのこともおまえのことも、よく思ってないんだ」

おれも声をさげた。ファイルを抱えた女性警官が上からおりてくる。

「横井さんに、池袋署に情報提供するようにすすめたのは、おれなんだぞ。なんだよ、あのオッサン」

「いいから、さっさと店に戻ってろ。あとで連絡する。おれもあまりおまえと関わって、課長ににらまれると、情報がとりにくくなるからな。ここは大人しく引いてくれ」

「そうか、わかった」

「おれはすぐさっきのブースに戻って、横井さんから話を聞かなきゃならない」

吉岡は淡いブルーの開襟シャツを着ていた。肩のフケは予想の三割ほど。おれは釘を刺しておいた。

「横井さんは来月どでかいイベントを控えていて、ひどく忙しいんだ。聴取はお手やわらかにな」

ふふと低く笑って吉岡がいった。

「まったく、マコトにはかなわんな。ほかにも情報があるんだろ。晩飯はいつものラーメン屋でいいか。今日はギョーザと半炒飯《チャーハン》をつけてやる」

「生ビールもいいよな」

吉岡が苦虫を嚙《か》み潰したような顔をした。今夜は吉岡は大忙し。夕食でビールなんてのんでいたら大目玉だろう。この刑事がのめないとき、目のまえでのむビールは最高ののど越しだ。

「ああ、何杯でものみやがれ。今回はおれに最初に電話してくれて、ありがとな。ポイント稼げたよ」

おれは肩をすくめた。おれのほうでも、吉岡にはいくつも借りがある。

「ひとりで帰るから、ここまででいい。情報を絞りとるのもいいが、あの人は堅気だし、被害者だ。無茶はしないでくれよ」

うなるようにひと言、了解というと吉岡はうえのフロアに消えた。おれは速足で階段をおりて、エントランスを抜けた。なんというか警察署のなかの空気には、おれのアレルギー反応を誘発する微妙な毒素があるみたいだ。


おれがうちの店に帰ったのは、まだ午後四時まえだった。真夏の夕日が池袋の街に殺人光線のようにふり注いでいる。三軒茶屋の硫酸事件は夕方のニュース番組でも、トップのあつかいだった。おふくろは無邪気にいう。

「どうだい、いい子はいなかったかい?」

おれは顔もあげずにこたえた。

「今回は男ばかりだよ。すごく愉快なやつだけど、三十歳で童貞の漫才師とそいつのマネージャーが相手だ」

おふくろは身震いする振りをしていった。

「三十でねえ、なんだか不潔だねえ。そんなものさっさと済ませちゃえばいいのに」

昔の女の反応だった。某ハードボイルド作家みたいにソープにいけというのは、今なら完全にコンプライアンス違反だろう。買春のすすめだ。

「犯罪じゃなければ、他人の性的な問題には口を出さないほうが今はいいんだぞ」

おふくろは頑固で凶暴な昭和の女だった。

「なに生意気いってんだい。不潔なもんは不潔だろう。純潔なんてもんは、男でも女でも後生大《ごしょうだい》事《じ》に守るようなもんじゃないよ。人間汚れてなんぼだろう」

まあ、おれもおふくろに一票。いつだって汚れて、負けて、ズタボロになってから、ほんとの勝負は始まるものだ。

「そうだ、おれ今晩の飯はいらないから。約束があるんだ」

にんまりして、おふくろがいった。

「その子はいい子かい?」

「残念、池袋署の吉岡だよ」

はあーっとおふくろは長いため息をついた。いや、ため息をつきたいのはおれのほうだ。薄毛の刑事と肩を寄せあって、ラーメンをすするのだ。それからおれは店番をしながら、スマートフォンで純情男魂団についてリサーチを始めた。

ネット時代になってから、まあ、いろんなグループがあるよな。ジュンダンの団員に共通する条件は強烈。非モテ、ブサメン、童貞、純潔、貧乏、彼女ナシ歴が年齢と同じ、将来に明るい展望なし、低身長・肥満・薄毛といった遺伝子的負け組。だが、どっきりビギンズのサイトに集まってくる男たちのほとんどは、なぜか明るく、すべての悪条件を笑い飛ばしていた。

ビギンズ坂本と同じだった。笑いの力で、すべての悪条件をかけあわせてプラスにできるのだ。だが、この非モテの楽園にも、フェミニストに硫酸をかけるような毒虫が潜んでいる。

今という時代は、どこにも無垢《むく》で無傷な楽園は残されていないのだ。


その夜、八時過ぎに吉岡といったのは、ロマンス通りにあるいつもとは別の町中華だった。どうやら、池袋署の近くの店でおれといっしょのところを見られたくないようだ。ひどく汚くて、古い造りの店だが、カウンターの上には自家製の赤い腸詰がさがっている。これは味も期待できそうだ。

おれたちは店の名物だというネギラーメンと半炒飯と餃子を頼んだ。おれには生ビールがひとつ。もちろん腸詰もね。おれは刑事のまえで、喉を鳴らしてビールをのんでやった。吉岡は切ない顔をする。

「おれは署に戻って調書を書かなきゃならん。今夜はいつ帰れるかな」

白髪ネギと細切り焼豚《チャーシュー》をのせたラーメンは絶品だった。台湾風の淡い中華醬油《しょうゆ》味。

「横井さんは何時に帰れたんだ？」

吉岡は餃子を頰ばり、当たりまえのようにいう。

「通常運転の三時間だ。民間のご協力には感謝するが、こちらはばっちり調書を書かなきゃいけないんでな」

警察署で三時間絞られたら、初めてなら死ぬほど消耗することだろう。気の毒なマネージャー。吉岡は余裕の表情をしている。

「こっちにはとっておきのネタがある。マコトのほうから、先に教えてくれ」

おれは腸詰をビールで流しこんで、まずどっきりビギンズの人気急上昇ぶりから話し始めた。ボケの坂本が三十歳でもまだ童貞で、まったく女にもてないことにぶち切れて、開き直って「純情男魂団」を立ちあげたこと。来月の武道館公演。ひと晩で二億近い収益というと、吉岡の顔が暗くなった。

「三十のガキの漫才師が、ひと晩で二億か。世のなか、間違ってんな」

「そんなのは氷山の一角だろ。最近はテレビのネタ番組やバラエティにも呼ばれてるし、ユーチューブの登録者数は七十万人もいる。事務所の業容を拡大したいって、いってたよ」

「はあ、たまらんなあ」

「吉岡さんのところにも、ファンサイトのスレッドから削除したやばい書きこみのファイルあるだろ。おれのほうでも、あの中身を追ってみようかと思ってる」

「悪くないな」

吉岡の余裕が気になってきた。

「事務所から頼まれて、Gボーイズがビギンズのボディガードにつくそうだ。坂本のキャラは強烈だから、いかれたファンもいるみたいでね」

「ふーん、そうか。他にはないのか」

切り札を握っている。吉岡のネタはよほど強力なようだ。

「まだないよ。おれだって、今日の昼に聞いたばかりの話なんだぞ。そろそろそっちのとっておきのネタを出してくれ」

吉岡が真顔になった。

「もう飯は終わったか」

ラーメンと半炒飯は完食。餃子と腸詰が皿にすこし残るだけだ。

「ああ、もう腹一杯だよ」

「じゃあ、教えてやる。マスコミにも漏らさない極秘情報だから、取りあつかいは慎重にな」

もったいぶって釘を刺すなんて、吉岡らしくなかった。

「いいから、話してくれ」

「あのガラスの小瓶の中身は、やはり硫酸だった」

「ふーん、そうか」

おれの頭は猛烈な勢いで回転を始めた。そうなると、硫酸襲撃犯はジュンダンの団員の可能性が高かった。

「なあ、吉岡さん、硫酸って簡単に手に入るものなのか」

「残念だが、ネットの裏サイトじゃあ、一リットル数千円で売られている」

なんだか、おかしな世界だった。銃やナイフと同じような危険物が、誰でもアクセス方法さえ知っていれば簡単に注文できるのだ。便利に宅配の時間指定さえ使えるだろう。だが、さっきからの吉岡の余裕は、あの液体が硫酸であると確定したためだけではないような気がした。この刑事はまだなにかを隠している。

「それから？」

「マコトは昔からやけに勘のいいガキだったな。いいだろう、こっちはほんとのマル秘だぞ。あの硫酸には生体反応があった」

生体反応？　いったい誰の？

「酸で焼かれてＤＮＡの特定はできないが、どうやらあの硫酸に混ざっていたのは犯人の精液だったらしい」

晩飯が済んでいてよかった。おれの食欲が一気になくなった。硫酸襲撃犯は、自分の精液を硫酸に入れて、フェミニストの活動家にかけていたのだ。強酸と精液による二重の攻撃。悪質極まるアシッドアタッカーだった。

「いいか、こいつは犯人と捜査関係者しか知らない事実だからな。誰にもいうなよ。ばれたら、おれは処分をくらう。マコトが情報提供者だから特別に教えてやったんだからな。おまえのほうでもいいネタがあがったら、真っ先におれに教えてくれよ」

おれは赤い腸詰を箸《はし》の先で突《つつ》いた。もうたべる気もしない。

「あの関谷とかいう課長は？」

吉岡は吐き捨てるようにいった。

「やつは目立ちたがり屋で有名でな。でかいヤマになると、すぐに前線に出張ってくる。部下の手柄の横取りなんて日常茶飯事だ」


おれたちは町中華のまえで別れた。吉岡は徹夜で調書を書くため池袋署に戻り、おれは果物屋の店仕舞いをするために西一番街に帰った。夜になっても、池袋の街は地面から鈍い熱を放っているようだった。八月に控えたビギンズの日本武道館公演はうまくいくのだろうか。それまでに何人の女たちが、硫酸と精液で襲撃されるのか。

ロサ会館のゲームセンターのまえには、たくさんのガキが群れていた。奇声をあげるサルのような集団のなかに、緑のイモジャージの姿が何人か見えた。きっとプレイハウスの夜公演の帰りなのだろう。

おれは八月の武道館を想像して身震いした。八千人のイモジャージを着た純情男魂団のメンバーから、たったひとりの硫酸襲撃犯を特定できるのか。やつは今夜も呪《のろ》いをこめた硫酸と精液のカクテルを製造しているかもしれない。重苦しい気分で見あげた西一番街の細長い切れ端のような夜空には、黒い雲が流れるだけで星の輝きはひとつも見えなかった。

つぎの日も東京は猛暑日だった。

おれは夜遅くまで、純情男魂団のスレッドから削除された頭のいかれた書きこみを読んでいたので、頭がずしりと重くなっていた。今どきヘイトはめずらしくないが、運営が消すくらいだから、内容は最悪。女たちから無視され続けた童貞の恨みって怖いよな。

なかでもやつらが徹底的に嫌っているのが、容姿に優れ、知的で弁の立つフェミニスト活動家だった。書きこみには男の力を骨の髄《ずい》までわからせるために、どんな方法で拉致し、拷問を加えるかなんてことが、延々と書かれているのだ。

裸にしてシロップ漬けにするとか（浸透圧のせいでどえらい脱水が起こるそうだ）、中国の辺境にあるようなブタの飼育場に監禁する（天井に空いた穴から唯一の食料である人間の排泄物が落ちてくる）、ガムテで目を閉じられないように固定してどっきりビギンズのお笑いＤＶＤを七十二時間見せるとか。どうにもうんざりする。なかにはいくつかアシッドアタックを匂わせる危ない書きこみもあった。

この時代は男と女がはっきりとした理由もなく憎みあっている。憎むまでいかなくとも、なんらかの理由（経済的、ルックス的、対人コミュニケーション的）で、女性と性的な接触の可能性を断たれてしまった男たちのなかには、強烈な恨みと怒りがたまっているのだ。

恋愛や結婚や繁殖から切り離された男たちが、どれほど危険な存在になりうるか、そいつは群れからはぐれた若い雄ライオンでも想像してみてくれ。

雄ライオンは一夫多妻のライオンプライドのボスに戦いを挑み、運よく勝利を収めると、ボスを群れから放逐《ほうちく》する。新たな王の誕生だ。前王の子どもたちはみな嚙み殺されるという。子どもがいなくなると雌ライオンは発情するからだ。そこでようやく自分の子どもをつくるという訳。遺伝子の命令は非情だよな。逆にいうと、自分の遺伝子を未来に繋《つな》げなくなると、そこまで絶望は深くなるって話。プライドをつくれなかった雄ライオンは、純潔なまま生涯孤独にサバンナをさまようことになるのだから。

緑のイモジャージを着た非モテの純情男魂団の男たちは、とんでもない深淵《しんえん》を覗きこんでいるのかもしれない。

昼前にうちの果物屋を開けて、またカラータイルの歩道に水撒《ま》きをした。おれが柄杓《ひしゃく》で撒いた水はじゅっと音を立てて、乾燥していくようだった。

池袋西一番街のゲートが陽炎に揺らめいている。そのなかを、黒いパンツスーツの女がひとりやってきた。なんというか、西部のガンマン（今はガンパーソン）か、『マトリックス』のキャリー＝アン・モスみたいな感じ。サングラスをかけているのもいっしょだ。自分を目指してやってくる雰囲気って、なぜかわかるよな。おれはなんだか実に嫌な感じがした。トラブルのにおい。

なるべく目をあわせないように、店の奥に引っこんでいると、黒いスーツの女はサングラスをはずしながらいった。

「こちらに真島誠さん、いらっしゃらないでしょうか」

うーん、名前を変えて、逃げようかな。真下学とかね。おふくろがおれを見ている。なぜか目配せをしてきた。そういえば、やけにスタイルのいい女。おれは改めて、『マトリックス』のヒロインを観察した。ショートのボブで顔の輪郭は隠れて、あごの先しか見えない。眉と目は意志が強そうで、きりりと締まっている。よく見るとなぜか右手だけ黒革の手袋をしていた。しかたなくおれはいった。

「おれがマコトだけど……」

女は黒いジャケットの胸ポケットから名刺を抜いて、ナイフのようにおれに差しだす。

「『ニューエデン』というフェミニズム団体を運営している佐倉美玖《さくらみく》といいます。真島さんのことは『ペット・エガリテ』の高坂《こうさか》さんから紹介いただきました」

高坂鳴美《なるみ》はペットの店頭販売や過剰繁殖、虐待に反対する動物愛護団体の代表だった。CGペットのスキャンダルと代表辞任劇は、あんたも知ってるよな。週刊誌じゃあ、一大ネガティブキャンペーンになったから。おれもあの一件にからんでいたのだ。獣医でもない社員が麻酔なしで帝王切開する小型犬を飼っている劣悪な環境の繁殖場に潜りこんだりね。

「そうなんだ……」

おれはシャープにデザインされた名刺に目を落とした。すきがないカード。

「だけど、どうしてフェミニズム関係の人が、おれに用があるんだ」

しかも、おれは今、純情男魂団というアンチフェミニズム・グループの仕事を受けている。法律家なら利益の相反だといって、ニューエデンの仕事は受けられないだろう。

なぜか佐倉美玖はまばたきをせず、視線も揺らさなかった。美人は美人だが、冷たくすましてアンドロイドみたい。

表情をまったく変えずに、フェミニストはいった。

「高坂さんは、真島さんなら意気に感じて、高額の依頼料がなくとも動いてくれると、太鼓判を押してくれました。わたしたちの団体も追いこまれて、切羽《せっぱ》詰まっているんです。命がけのお願いだと思ってください」

なんというか、おおげさな代表。だが、おれはミクの目の真剣さに打たれた。

「とりあえず、話をきくだけなら、つきあうよ。受けるか、受けないかは内容次第だ」

代表が会釈するとボブの毛先が揺れた。手袋をした指先で、さっと髪を押さえる。野球のホームベース型にえらが張っているのがコンプレックスなのだろうか。ミクは右のあごを決して見せなかった。

「今日もう一件池袋で所用がありますので、このあとすぐでもしばらく後でも構いません。なんとかお時間をいただけないでしょうか」

おれはその日の予定を考えた。夕方前に東池袋のデニーズに顔を出さなければならない。ゼロワンにいつものデータ解析と書きこみの出所を調べてもらうのだ。おれは果物屋の壁にさがった丸い時計に目をやった。

「二時間後に、サンシャインシティのスターバックスにしよう。おれも駅の向こう側で、ちょっとした所用があるんだ」

所用という言葉を、おれは生まれて初めて使ったかもしれない。だいたい池袋のストリートにいるガキを相手にしているので、どうしてもくだけた話しかたになっちまう。言葉はそいつがいる社会階層を示すよな。おれの場合、底辺のちょっと上くらい。

そのとき、黒いスーツと手袋の女がうっすらと笑みを浮かべた。東京の冬に初めて張る水溜まりの薄氷くらいの微《かす》かさ。いや、冷血そうな美人の笑顔って破壊力あるよな。


なぜかいい気分で、おれは店先のラジオを選曲した。東京のFM局で、ディズニープリンセスの特集を組んでいた。流れてきたのは『白雪姫』の挿入曲「いつか王子様が」だった。おれは普段はめったにこの手の旧《ふる》いスタンダード曲のクラシックアレンジは聴かない。だが、そのときは妙にのんびりとした優雅なメロディがはまったのだ。いつか自分だけの王子様やお姫様がやってくる。そいつは世界最先端の少子高齢化の日本には、すこしばかり甘いメッセージかもしれないが、どうせひとりで生きていくのなら、それくらいの希望があってもいいじゃないか。

おふくろはいう。

「なんだか、陰のある子だね。まだ若いんだろうに、かわいげがまったくないよ。やっぱり働いてる団体のせいなのかな」

おれはフェミニズムに関するおふくろの意見を聞いたことがなかった。

「そっちはあの手の運動はどう思ってるんだ?」

にやりと笑って、おふくろはいう。

「あたしはどんな運動でも、あんまり激しいのは好きじゃない。でもね、二十一世紀になって、男だけで社会を回していく今のやりかたじゃあ、もう無理なんじゃないのかね。年寄りの政治家は、おばさんに席を譲ったほうがいいんだよ」

おれもその意見に賛成だった。野党とおばさんに政治をまかせてみればいいのだ。少々失敗したってかまわない。どうせ今のままじゃ、日本丸は静かに沈没していくだけなのだから。すくなくとも経験を積むことにはなるし、思わぬ新しいアイディアが生まれるかもしれない。

午後一時半、おれは前夜の残りのカレーを部屋でたべてから、サンシャインシティにいった。赤茶色のタイル張りのスターバックスでは、もう団体の代表が入口に背を向けて、テーブル席に座っていた。背筋は棒を通したようにまっすぐ。

おれはカウンターでアイスラテを注文して、ミクを観察していた。まったく動きがないけれど、おれがきたことには気づいているようだ。ただ反応を示さないだけ。どんな経験を積んだら、こんな鉄壁の無視ができるのだろう。なんだか池袋のキングに似ている。

おれはラテをもって、テーブルに向かった。そこで初めて気づいたように、軽く会釈をよこす。

「待たせたかな？」

ミクはにこりともしない。

「いいえ、時間ちょうどです。真島さんは時間に正確なんですね」

くすぐったい言葉。

「いつもそういう訳じゃないよ。そっちの所用って、なんだったんだ?」

ミクは表情を変えない。

「たいした問題ではありません。池袋本町にある……」

池袋本町? つい前日に耳にしたばかりの町名だった。おれは思わず漏らしていた。

「……もしかして、どっきりプロ」

さすがに代表が驚きの表情になった。

「よくわかりましたね。そのどっきりプロにいって、抗議文を渡してきたんです」

「横井代表に会ったんだ?」

こわばった怪訝《けげん》そうな表情。

「わたしのことをつけていないですよね」

「ああ、おれは自分ちで、昨日の残りのカレーをくってたんだ。本町にはいってない。だけど、問題だな」

代表はおれを探るような目をしている。

「なにがですか」

「おれは昨日どっきりプロの横井さんに会ったばかりなんだ」

「さしつかえなければ、どういう内容かお話しいただけますか」

さて、どうしたらいいのだろうか。プロダクションのサイトへの悪質なアンチフェミニズムの書きこみと硫酸の入ったガラスの小瓶については、伏せておいたほうがいいだろう。おれのほうから話をする前に、ミクの情報をもらうことにした。

「話せる限りのことなら、話すよ。まあ街のトラブルシューターにも守秘義務の真似事くらいはあるからさ。それより、どうして佐倉さんはどっきりプロなんかにいったんだ？」

ミクは手袋をした右手で、ショートボブの毛先を押さえて、アイスコーヒーをのんだ。賭けてもいいがノーシロップだ。おれを正面から見据えるといった。

「真島さんは純情男魂団をご存知ですか」

おれはテーブルにおいたスマートフォンに目をやった。メモリーには正体不明の凶悪な書きこみが百本弱入っている。

「ああ、知ってる。どっきりビギンズの坂本が冗談で始めたアンチフェミニストのグループだろ。ほとんどは女に縁がない童貞の若いお笑い好きな男たち」

ミクの表情が険しくなる。

「それは彼ら自身の問題で、女性のせいではありません。女性であるというだけの理由で秘《ひそ》かに馬鹿にしたり、憎しみをぶつけてくるような相手と、なぜつきあう必要があるんですか」

それは確かに正論だった。吐き気をもよおすくらい最悪な女性憎悪の書きこみを読んだあとなら、なおさらな。ミクは続けた。

「インセル……インボランタリー・セリベイトはアメリカだけの問題ではありません」

自ら望まない禁欲、恋愛や性行為から弾かれた非モテのアメリカ版だった。何年かに一度、女性だけを狙った殺人事件が海の向こうでは発生している。自分をこんなみじめな状態に追いこんだ女たちが倒すべき敵という訳。いつもながらのヘイトクライムである。

「純情男魂団のメンバーから、うちの団体のサイトやメンバーに嫌がらせのメールが多数届いています。いつもなら、見過ごすのですが、今回はそういう軟弱な態度ではいけないと、反省しました」

おれは探るようにいった。

「それで、どっきりプロにいった？」

「ええ、横井代表には抗議文とこれ以上の嫌がらせを放置するなら、法的な手段をとると伝えてきました」

雪をかぶった冬の高峰のような厳しい顔。おれは危うくみとれそうになった。どうやら、おれはかわいいだけの女は好みでないようだ。

「だけどさ、どうして今回は直接会って抗議しようと思ったんだ？」

自分でも意識しないうちに、おれはこの事件の核心にふれていたようだ。ミクの顔色が変わった。


「下村カレンさんの襲撃事件はご存知ですよね」

よくよく疑問形で口火を切る代表。おれはうなずいた。

「カレンさんはうちの団体の立ち上げからのメンバーです。ニューエデンのサイトには、数十通の嫌がらせメールが届きました。『他のやつらにも、いいものかけてやろうか。フェミニストは全員、酸で焼かれればいい』など」

ひどい話だった。おれはあのガラスの小瓶のなかの硫酸には、頭のおかしなアシッドアタッカーの精液が入っていたことを知っている。硫酸と精液が女性の顔にかける「いいもの」か？　なんて狂った時代だろう。今や、男と女は静かに最終戦争を迎えているのだ。

「じゃあ、そっちの依頼というのは……」

まっすぐにミクがおれの目を覗きこんでくる。

「はい、下村カレンさんを襲った犯人を捜してもらいたい。それが難しいようなら、わたしたちの団体を守ってもらいたいんです」

おれはすぐに返事ができなかった。何人のメンバーがいるのかわからないフェミニスト団体を守るなんて、おれひとりでは絶対に無理だ。


スターバックスのなかでは、いかにもスターバックス的なボサノヴァ・ジャズがかかっていた。この手の音楽を商業施設で流すと、一時間あたりいくらの費用がかかるのだろう。おれが黙りこんでしまうと、佐倉代表も固まった。

「イパネマの娘」のサビを崩して吹くなかなか上手なフルートの演奏が終わると、ミクはちいさなため息をつく。それから、ゆっくりと右手の手袋をはずした。村上春樹の『羊をめぐる冒険』に、コール・ガールがレストランのなかで非現実的なまでに美しい耳を出す場面がある。何人もの客が驚いて視線を集中させ、ウェイターでさえコーヒーを上手く注げなくなるほど完璧に美しい耳なのだ。

　佐倉美玖の右手は逆だった。

　残念だが、ひどく醜かったのである。


「この右手には、ほんとうに感謝しているの」

　隣のテーブルに座る中年女性のふたり連れが、息をのんでミクの右手を見てから、あわてて目をそらせた。しっかりと見るのは、無作法なのだ。彼女の右手の甲は焼けただれていた。アシッドアタック。ミクは愛《いと》おしそうに左手で、ケロイドを撫《な》でている。

「この子ががんばってくれたおかげで、わたしの顔は最小限の被害で済んだ」

　そういうと、ミクはケロイド跡の残る右手で、ショートボブの髪をそっとずらした。涙を二粒流したあとのような引きつれが見える。縦長の黒子《ほくろ》（肉色の黒子ってあるよな）だといわれたら、そんなふうに見えるくらいの傷跡。

「顔の手術は三回。それでここまで傷はちいさくなった」

　おれには言葉もなかった。

「彼は大学で同じ学部。クラスは別で話をしたこともなかった。いきなり学食で結婚を前提につきあってくださいといわれ、あなたのことは知らないし無理ですと、できるだけ柔らかに返事をした」

「……そうか」

「二週間後、校舎を移動しているとき、渡り廊下で名前を呼び捨てにされた。振りむくと白い紙コップをもった彼がいた。顔の表情がおかしかった。何日も寝ていない感じで、目が血走っている」

　おれはいたたまれなくなった。

「苦しいなら、話さなくていいんだぞ」

　ミクは悲し気に微笑んだ。

「それはダメなの。この話は何年かに一度しかしないけど、話し始めたら最後までいくしかない。途中で止められないんだ。ごめんね、真島さん」

　おれはなにかを叫びだしそうだった。

「いいんだ、あんたはなにも悪くない」

　ミクの話は地獄の階層を下りていく。おれは明るい夏の午後のスターバックスで、地獄巡りにとことんつきあうだけだ。

「わたしには最初から紙コップが、なにかものすごく危険なものだとわかっていた。わたしが右手をあげるのと、彼がコップの中身をかけてくるタイミングとでは、わたしのほうがすこしだけ早かったと思う。そのおかげで、右手は焼かれたけど、顔はなんとかだいじょうぶだった。なぜ、紙コップが危ないなんて気づいたのか、自分でも今でもわからない。コップよりもあの目かな。手に入らないなら、すべて壊してやる。そんな目」

おれはうなずいて、とんでもなく愚かな相槌《あいづち》を打った。

「……ほんとにたいへんだったな」

他になにがいえるのだ。ミクは二十歳そこそこで劇薬をかけられた。男の申しこみをていねいに断ったせいで。

「裁判のあいだもあの目は変わらなかった。彼はわたしを硫酸で襲撃したのち、自殺するつもりだったと供述した。わたしに交際を断られて、もう生きていく意味がないと思ったって。弁護士は形を変えた無理心中未遂で、経験不足で純情な男性の未熟な恋心を無下《むげ》にしないで欲しいといった。裁判官も、検察官も、弁護士もすべて男性の法廷だった」

「そいつはいかにも真面目そうな学生だったのか」

法廷ほどルッキズムが幅を利かせる場所はない。短い時間で結論を出すため、最初の視覚情報の影響が強いのだ。

「ええ、とても優秀な学生だと、高校時代の恩師からの証言があった。年配の男性から高評価を得るのが上手い人がいる。よく組織で後継指名を受けるタイプの誠実で生真面目そうな人」

「……ああ」

おれはただうめいただけ。このあとはきっとさらにひどい話になる。それだけはわかった。

「その人は初犯だったし、真面目な大学生ということで、刑期は三年半になった。執行猶予がつかない実刑判決だったのが、ただひとつの救い。わたしの傷は一生残るし、彼の親からの賠償金二千万円も断って、わたしは全力で彼の非を訴えたけれど、壁は厚かった。それが法律の壁なのか、男性の壁なのか、わからない」

おれはいった。

「もう手袋していいんだぞ」

「ありがとう、真島さん」

ミクは慣れた様子で黒革の紙ナプキンほど薄い手袋をはめ直した。

「真島さんはやめてくれ、マコトでいい。そいつはその後、どうしてる？」

皮肉な笑み。世のなかなんて、そんなもの。

「三年半の刑期を終えて、彼は別な大学に入学し直した。卒業してからは、親の会社で取締役をしている。最初の結婚は彼のＤＶのせいで終わったけれど、今は二度目の結婚をして子どももいるそう。賭けてもいいけれど、今も奥さんのことは殴っていると思う。獣《けもの》はずっと獣だから」

おれはあまりに腹が立っていたので、つい質問してしまった。

「そいつの名前、なんていうんだ？」

ミクは覚悟を示し、力強く笑った。

「いわない。心のなかには刻んであるけど、その名前を口にすると、わたしの喉と口が汚される気がするんだ」

「それはそうだな。確かに名前なんて、どうでもいい。どうせクズだしな」

ネットで調べればすぐにわかるだろうが、おれはそんな気をなくしていた。ミクはいう。

「わたしにとって彼は、インドやバングラデシュ、パキスタンやイギリスで、女性に硫酸や塩酸や硝酸をかける毎年何百人もいる男性の象徴なんだ。中東や南インドでは、女性の社会参加の阻止が、アシッドアタックの目的なんだけどね。あいつのことは忘れないし、絶対許さないけど、そういう憎しみを生む社会の在りかたを変えていくしかないと思っている。新しい楽園をつくりたい。それで『ニューエデン』を、仲間と始めたの」

女性憎悪や女性への暴力、差別をなくしていくのか。おれみたいな部外者でもすぐにわかった。そいつは果てしなく遠い旅になるだろう。なにせ人類の歴史上、一度もたどりついたことのない目的地だからな。

おれたちはしばらく黙って、サンシャインシティの広場を眺めていた。真上からの日ざしがタイルを焼いている。おれはぽつりといった。

「佐倉さんにとって、酸の襲撃は特別なことなんだな」

「下村さんのニュースを聞いたとき、ショックでランチを吐きました。わたしだけでたくさんなのに、うちの団体から二番目の犠牲者が生まれてしまった。痛恨です」

おれのほうも手札を見せる時間だった。ミクの告白にはおよびもしないけれども。

「実は昨日、どっきりプロの横井代表から依頼を受けた」

ミクの整った眉がひそめられた。険《けん》がある顔もなかなか。

「依頼の中身は、そっちと同じだ。アシッドアタックの襲撃犯を捜してくれ。会社の立場からしたら、純情男魂団のメンバーではないことを証明してくれ。来月日本武道館でどでかいイベントを開くそうなんだ。どっきりビギンズの単独ライブで、億を超える金が動くらしい」

「そうだったんですか。お返事がもらえなかったのには、理由があったんですね」

おれはすっかり薄くなったアイスラテをのんだ。くたびれた夏の味。

「三軒茶屋の事件では、犯人は純男男という偽名を使って声明を出している。ただの冗談でジュンダンにかけただけで無関係かもしれない。でも横井さんにはどっきりビギンズのサブスクチャンネル会員のリストを用意してもらってるところだ。まずそこから手をつけるつもりだ」

ミクはおかしな顔をした。

「じゃあ、うちの依頼も引き受けてくださるということになりますね。よかった」

「いや、たまたま依頼がだぶってただけだ。こっちには警察みたいな物量もないし、できることには限りがあるから、あまり期待しないでくれ」

佐倉代表はうっすらと笑って、首を左右に振った。毛先が揺れて右の頬にある火傷《やけど》跡がちらりと覗いた。おれには一度見せたので、気にならないのかもしれない。

「でも、高坂さんはいってましたよ。マコトさんはいっしょに危ない橋を渡って、見事に総合ペット企業を罠にはめてくれたって。今でも感謝しているそうです」

身に余る誉《ほ》め言葉だった。だいたいの場合、おれがどんなに苦労してトラブルを解決しても、見返りなどなにもないのだ。ミクの顔が真剣になった。

「依頼料はいかほどになりますか。正規の料金とかあるのでしょうか」

緊張している。金の話って、難しいよな。おれは笑っていった。

「ナルミにそっちのほうの話も聞いてるんだろ。おれが金を受けとらないことも。せいぜい交通費とか経費の請求くらいさ」

黒いスーツの女はようやく安心したようだ。

「うちは経済的には弱小団体なので、ほんとに助かります」

「『ニューエデン』って、どういうことをやってるんだ?」

流れるようにミクはいう。

「フェミニズム関連の書籍の編集出版、講演会やトークショーの開催、賛助会員からは月々千五百円の会費をいただいています。ネットやマスコミに顔を出して活動しているコアメンバーは、下村カレンさんをふくめて、八名になります」

「狙われるとしたら、そのコアメンバーだよな……」

おれは頭のなかで計算した。それくらいの人数なら、Gボーイズを使えるかもしれない。エデンに金はなくとも、どっきりプロでは金がうなっている。

「ちょっと裏で動いてみる。もしかしたら、コアメンバー全員の外出時にボディガードを用意できるかも」

ミクが驚きの声をあげた。

「えっ……どういうことですか。マコトさんは無料で、そんなマンパワーを動かせるんですか」

「おれがやる訳じゃない。懇意《こんい》にしている団体があるんだよ。池袋のストリートにさ。そいつらは少々金がかかるんだけど、すごく頼りになるやつらなんだ」

「そこまでやってくださるなんて、想定外でした。ほんとうにありがとうございます。あの、明日マコトさんのご予定は?」

デートの誘いだろうか。おれはご予定なんて聞かれたことがない。

「ジュンダンの資料を調べながら、うちで店番をするだけだ」

「そうですか、では午後からお見舞いにいきませんか」

見舞い？　誰の？　鈍いおれでもつぎの瞬間に気がついた。

「下村カレンか。どこに入院してるんだ？」

「池尻大橋の病院です。ひとりでいくつもりでしたが、マコトさんなら信用できそうです。カレンさんに襲撃を受けたときのことを聞いてみましょう」

おおきな岩がじわりと動いた気がした。情けは人のためならずか。おれがミクの依頼を冷たく断っていたら、アシッドアタックの被害者から話を聞く貴重な機会も失われていたのだ。話はどう転ぶかわからない。


ミクとスターバックスで別れて、おれは大通りを渡った。サンシャインシティの向かいには東池袋のデニーズの路面店がある。北東京イチのハッカー・ゼロワンの私設事務所だった。やつはいつでも窓際の奥の席にいて、営業時間中は切れ目なく注文を続けるのだ。駅の近くで１ＬＤＫの新築マンションを借りる家賃よりも、ゼロワンの注文のほうが高額かもしれない。

おれがゼロワンの向かいに滑りこむと、いつものガス漏れみたいなかすれた声がした。

「タカシから連絡をもらった。お笑い芸人のサブスクメンバーリストと悪質な書きこみから、三茶のアシッドアタックの犯人を捜すんだろ。情報をくれ」

おれはスマートフォンから削除された書きこみのリストをゼロワンのノートパソコンに送った。

「そいつをちょっと読んでてくれ。おれは電話を一本かけなきゃならない」

おれは声を抑えて、横井代表の番号を選んだ。

「はい、どっきりプロです」

「横井さんか、マコトだ。今日、抗議文を受けとったんだってな」

一瞬、横井は無言になった。

「なぜ、それを?」

「さっきまで、『ニューエデン』の佐倉代表と会って話をしていたんだ。横井さんとビギンズのふたりによろしくいってたよ」

口からのでまかせだった。

「『ニューエデン』からも今回の襲撃犯を捜してほしいという依頼があった。おれはそちらのほうも受けることにした。やることは変わらないからな。おまけに依頼を受ければ、下村カレンに直接話を聞けそうなんだ」

横井代表は黙っていたが、空気が変わるのがわかった。

「……じゃあ、犯人の詳しい情報が得られるんですね」

「ああ、警察がマスコミに漏らさない極秘のいいネタをつかめるかもしれない」

「そいつはすごいな、さすが池袋イチのトラブルシューター・マジママコト!　さっそくやってくれたじゃないですか」

横から口をはさんできたのは、ビギンズ坂本だった。

「スピーカーにしてるのか。その面会の条件なんだが、『ニューエデン』のコアメンバー八人……いや、入院中の下村カレンを除く七人に外出時にボディガードをつけてもらいたいんだ。悪い話じゃないとおれは思うよ。なにせ三茶の実行犯はおたくのジュンダンの名前を騙《かた》っているし、警察やマスコミのどっきりプロに対する心証は最悪だろ。横井さんのほうから襲撃を受けた団体を守るアクションを起こすとしたら、かなりのプラスになるはずだ。女性を叩くアンチフェミニズムで稼ぐだけでなく、困ってる女性を助ける正義の事務所ってイメージもつくれるだろ」

急な話の展開についていけないようだった。おれは最後のキラーワードを投げてやる。

「今回のアシッドアタックは事務所には大きなマイナスになる。でも、正義の騎士の振りはマイナスをリカバーするいい手だし、八月のイベントにも勢いがつくと思うんだよ」

ビギンズ坂本が例の高い声で叫んだ。いや、地声かもしれない。

「真島さん、お主もワルよのー。ほんとに商売人だなー。痛いとこ突いてくるわ」

横井代表は冷静だった。

「確かに真島さんのいうとおりかもしれません。その場合、Gボーイズへの謝礼はいかほどになりますか」

即座にそろばんを弾いている。おれは横井代表とタカシがいくらで手を打ったか知らなかった。適当にいっておく。

「こっちのほうからもキングに口を利いとくよ。せいぜい最初の額の五割増しくらいじゃないかな」

いけいけの芸能プロダクション代表は決断が早かった。

「なるほど、わかりました。八月の単独ライブまで『ニューエデン』のコアメンバーのボディガードをお願いします。明日犯人についてなにかわかったら、連絡ください」

おれは最後にいった。

「池袋署に提出したジュンダンのサブスク会員のリストがあるよな。そいつをおれのスマートフォンに送ってくれ。これから情報の洗いだしをする」

おれはスリーサイズはでかいジャージを着たスキンヘッドのゼロワンに目をやった。怪訝そうな顔で、やつは見返してくる。

「実は今、北東京イチのハッカーとあるレストランで会合をしてるんだ。なる早で送ってもらえると助かる」

通話を切った。ゼロワンはまったく表情を変えないが、目の奥がどこかうれしげだった。頭皮の下にチタンのインプラントを鬼の角のように埋めこむくらい自己顕示欲の強い男だ。おれのベタな世辞によろこばないはずがなかった。

「マコトも確かに商売人だな。料金五割増しか。おれのデータマイニングも五割増しで、Gボーイズに請求しとく」

「お好きなように」

おれのスマートフォンからチャイムの音がした。ラインにサブスク会員のリストが届いている。おれはデータをゼロワンのノートパソコンと共有した。便利な世のなか。人がやる仕事はどんどん減っていくのに、忙しさは変わらない。なんて矛盾だろう。ゼロワンはすぐに新着のリストを開いたようだ。おれはいった。

「そいつはどっきりビギンズのサブスクチャンネル会員のリストだ。月額八百円で、全国に三万人以上いる。ざっくりでいいから、百分の一か千分の一くらいに、容疑者を絞ってほしい」

ゼロワンはガス漏れのような笑い声をあげた。しゅーしゅー。またよろこんでいるようだ。

「三万を三百か三十に絞るのか。思い切りスクリーニングしなくちゃな」

ネットとデータの荒波で目が眩《くら》むほど溺れることが、ゼロワンの生きがいだった。困難な課題ほど燃えるデジタル変態。

「明日、襲撃された下村カレンと話をしてくる。詳しい犯人の情報を聞きだしてくるつもりだ」

「どんな条件でもいい。意味がなくともいいから、犯人の特徴を拾ってきてくれ。最初のほうの女を切り刻むという書きこみは、発信元の確認でいいのか」

「ああ、それでいい。で、できたら削除した書きこみの書き手と有料会員がダブってると最高なんだけどな。有力な容疑者が最終的に十人ちょっとくらいまで絞れたら、文句なしだ。警察は地道に一つずつ潰していくだろうが、おれたちはショートカットをいくしかない。うまくいけばゼロワンは天才だと、池袋のGボーイズとどっきりビギンズのユーチューブ登録者七十万人が、たたえることになるさ」

ゼロワンはちっともうれしそうではなかった。

「三万の三千分の一か。形だけのデータを整えるのは簡単だ。だがな、マコト、すべての条件を満たしていても犯人じゃないなんてことが、リアルワールドでは普通にあるぞ」

スキンヘッドのハッカーのいうとおりだった。データの本質は人が動き、生きているという実態から発生する影と数に過ぎない。やつを見つけるには、アシッドアタックをする男の心の奥底を見なくちゃな。

その日の夜には、どっきりプロから新たに悪質な書きこみのリストが送られてきた。三茶の硫酸事件でどっきりプロのサイトは大炎上していた。もちろん叩くやつが多数派だが、支持者もまた増えていたのだ。追加分の書きこみは二百件以上。生意気な女たちにはもっと躾《しつけ》が必要だ。ひとりひと瓶、強酸をもとう。なんて、いかれた調子。

おれは追加分をゼロワンに送ってから、ディズニープリンセスの甘いストリングスを聴きながら、ひとつひとつていねいに読んでいった。心を焼かれるような作業だが、襲撃犯に近づくためには欠かせない。憎しみにはいろんな形があるという単純な事実と、男たちが憎んでいるのは実際の女たちではなく、自分で心のなかにつくりだしたモンスターであることを学んだ。非モテの屈辱感、傷つけられた「優れた性」をもつ者のプライド、男女雇用機会均等法以降女性には救済措置があるのに「弱者」男性は放置され無視されていること。モンスターは様々なカラーで着色されている。

真夜中の三時過ぎ、おれは女たちへの憎しみという酸で焼かれた心を抱えたまま、布団に倒れこんだ。

翌日も三日連続の猛暑日だった。

ミクとの待ちあわせは東急田園都市線の池尻大橋駅の改札だ。おれはうちの果物をいくつか選んで、小ぶりのバスケットをつくってきた。マスクメロンや白桃、リンゴにモンキーバナナなんかを見目麗《みめうるわ》しく詰めあわせ、セロファンでくるんで、リボンをかけるのだ。意外かもしれないけれど、案外おれの得意技である。

「お待たせしました」

佐倉代表が昨日とはすこしカットが違う黒スーツで改札を抜けてきた。手には輸入品の高級チョコレートの小振りな紙袋。六個入りで五千円とかいうやつ。この円安で輸入品はなんでも高くなったよな。コンバースの布バッシュとか、ヘインズのTシャツさえ値上がりしている。

「そのフルーツバスケット、マコトさんがつくったんですか」

「ああ、そうだ」

「器用なんですね」

至って冷静な返しだった。まあ、見かけによらずがつかないだけいいか。おれたちは階段を昇り、国道246号線に出た。三茶方向に首都高のガード下をすすみ、最初の交差点を右に曲がる。その病院はマンション街のなかにあった。救急指定、大橋セントラルホスピタル。モダンな図書館みたいなガラス張りのエントランスを抜けて、ミクが受付で下村カレンの病室を聞いた。

受付というより世界タイトル戦のラウンドガールみたいな女がいった。

「マスコミ関係の方ではありませんよね。そちらのほうは警察から止められています」

「いえ、違います。わたしは下村カレンさんが所属する団体の代表です」

ミクが名刺を出そうとするといった。

「お名刺はけっこうです。６０８号の病室になります。廊下に警護の警察官のかたが詰めていますので、ことわりを入れてから、入室してください」

見た目はラウンドガールでも、仕事は優秀なようだ。これもルッキズムの一種か。おれとミクはエレベーターで六階にあがった。ナースステーションを過ぎると壁の片側に船体にあるような丸い窓のついた引き戸の病室が並んでいる。下村カレンの部屋はすぐにわかった。奥から二番目の部屋の外にはひとりの若い警官が立っていたのだ。廊下には各部屋ごとに、ベンチがおかれているのに、脚を開いて壁に寄りかかりもせずに無人の廊下に立っている。偉いものだった。

ミクが声をかけた。

「ご苦労様です。下村カレンさんが所属する団体の代表を務めています佐倉美玖と申します。お見舞いの約束できました」

若い警官は退屈そうだった。ぶっきら棒にいう。

「そこに住所と氏名、連絡先を書いて」

ベンチにはクリップボードとボールペンがおいてある。ミクがベンチに腰かけて記入した。終わるとおれに渡してくる。気はすすまないけれど、おれもすべて記入した。おれたちの上には七人分の見舞客がいた。下村姓の三人はきっと家族なのだろう。おれはミクに目配せした。

「カレンさんのお父さんやお母さんがきたんだね。みんな、知ってる?」

見舞客をよく見てくれというつもり。ミクは機転が利いた。

「うん、ご両親と弟さん。あとの人はフェミニスト仲間とうちの事務局の人間ね」

警官がいった。

「クリップボードはすぐに戻して。時間は十五分までです。これは警察が決めたんじゃなく、病院のほうからいわれているんで、よろしく」

おれは左手のGショックを確かめた。午後一時二十五分。念を押すためにいっておく。

「そうか、四十分までだな。いこう」

おれたちは半分開いていた引き戸を押して、下村カレンの病室に入った。


オフホワイトのカーテンで、ベッドの周りは閉め切られていた。まずミクがなかに顔を覗かせた。

「カレンさん……」

そこからは視線をあわせているだけのようだった。かける言葉が見つからないのか。ミクがカーテンのなかに消えると、ひそひそとよく聞きとれない話が続いた。泣き声はカレンのようだ。おれはただGショックの秒針が動くのを見ているだけ。顔に硫酸をかけられて、すぐに見知らぬ男と話をしてくれというのは、カレンにとってはとんでもない無理ゲーだろう。しばらくしたら、ミクがこちらに気を使ってすこし声を張ってくれた。

「カレンさん、昨日ラインでお伝えした調査員の人にきてもらっています。こんなときにたいへんだと思いますが、協力よろしくお願いします」

涙でかすれた声がした。

「……はい」

「真島誠といいます。佐倉代表から『ニューエデン』のメンバーの身の安全を守ること、それから犯人逮捕につながる情報を探すように依頼されました。すぐに終わるようにしますので、リラックスしてお話を聞かせてください」

「……わかりました」

下村カレンは口が上手く開かないのだろうか。すこしくぐもった声だった。

さて、なんとかショック状態の被害者から情報を絞り出さなければならない。警察って、すごくしんどい仕事をしてるんだよな。


まず最初から気になっていた質問をした。スマートフォンで録音を開始する。

「どうしてやつはあなたが三軒茶屋駅を使うとわかったんでしょうか。あなたの住所はオープンになっているんですか」

一瞬の間もなく返事がもどってくる。下村カレンは賢い人のようだ。警察相手に一度話をしたせいかもしれないが。

「もうすごく昔のことのようだけど、まだ一昨日のことなんですね……わたしは何冊か書籍を出版しています。あちらの世界ではコンプライアンスがゆるく、ほとんどプライバシーが守られません。わたしの住所は各出版社や新聞社の手帖で簡単にわかるようになっています。あの業界はみな性善説なのかな。三軒茶屋はわたしの家の最寄り駅で、読者のためのインスタグラムに何度も周辺のお店をあげていたので、あの男……いえ『彼』にも知られていたはずです」

言葉はところどころ、ぼやけて聞きとりにくかった。ミクが続ける。

「あの日、カレンさんは夕方から有楽町の東京国際フォーラムで大手人材派遣会社主催のトークイベントにパネリストとして出席する予定でした。テーマは女性の労働環境を考える。そちらのイベントについては、エデンのサイトでも、派遣会社のサイトでも、登壇者と開始時間がわかります」

団体へ広く支持を集めるには、情報を秘匿《ひとく》してはおけないのだ。

「最近おかしなこと、誰かにつけられているとか、脅迫状が届いたといったことはありませんでしたか」

「……ありません」

さあ、いよいよ本丸だ。おれは静かにゆったりと問いを放った。

「おつらいでしょうが、そのときに起きたことをなるべく詳しく話してもらえませんか。どんなにちいさいことでもけっこうです。見えたこと聞こえたこと、におい、身体の感覚、なんでもいいので、思いつくまま話してください」

さあ、どんな話になるのか。おれも全身から力を抜いて、ひざのうえにフルーツバスケットを抱えたまま、病室のパイプ椅子に座り、背筋だけ伸ばした。


「すごく暑い日でした。わたしはイベント登壇用のスーツをもち、日傘を閉じて三軒茶屋駅の階段をおりていました。半袖のブラウスが汗で張りついて不快だったのを覚えています。階段をおりかけたところで、背後から声をかけられました。『下村カレンさん?』振り返るとまぶしい青空を背にして、黒いパーカーとジーンズ姿の若い男性が立っていました。こんなところにファンがいるのかな。若い男性はめずらしいな。最初はそう思いながら、『はい』と返事をしました」

「顔は?」

「逆光でよく見えませんでした。フードをかぶっていましたし」

「声は?」

すこし迷って、カレンはいった。

「普段おおきな声を出していないんだろうなという感じの細い声です。自信なさげというか、男性にしてはかん高い声です」

「身長はわかりますか」

「わたしは女性にしては背が高くて一六七センチあるんですけど、ステップの差を足しても、ほとんどわたしと身長が変わらないくらいだったと思います」

やや小柄で、かん高い自信なさげな声の若い男。

「若いというのは、どれくらいですか」

「感覚でいいんですか。たぶん二十代」

「なるほど、じゃあ勘でいいので、さらに絞ってみてくれませんか」

「きっと二十代前半」

「二十四、五ですか、二十二、三ですか」

「二十二、三歳だと思います」

直感的につかんだ印象というのは案外正確なものだ。おれは有り金すべてとはいわないが、半分は襲撃犯が二十二、三歳であることに賭けてもいい。

「黒いパーカーに特徴はありましたか。はやりのオーバーサイズだとか、ブランドのロゴとか」

「いえ、おしゃれな感じはなかったです。ジャストサイズで、無印の薄手のパーカー。たぶん安物だと思います」

「ジーンズは？」

「そちらもきっとブランド品ではなく、ファストファッションのものかな。ZARAとかH&Mのジーンズって、生地が厚くてごわごわしてますよね。あんな感じで、ひざのところに軽くダメージ加工がありました」

「ジーンズの色の落ちぐあいは？」

「えーっと……」

「かなりブリーチされてましたか」

「いえ、色は濃かったので、ワンウォッシュくらいの落ち感だった気がします」

「靴はどうでしたか」

「黄色のスニーカーです。ちょっと待ってください……あれはもしかしたら、駅伝の選手が履くような厚底の競技用シューズかもしれないです。わたしもジョギングをしているんですけど、いきつけのショップで見たことがあります。ナイキの蛍光イエロー。普通のジョギングには意味がないし、耐久性がない割には高価なので、おすすめしないといわれました」

それならおれも見たことがある。靴底は四、五センチはあっただろうか。厚底スニーカーを履いて、身長はカレンと同じ一六七くらい。実際には一六〇センチ台前半か。


「彼の動きを思いだしてみてください。カレンさんが返事をしたあとで、なにをしましたか」

深呼吸をする音が病室のカーテン越しに聞こえた。三度。病室にエアコンの風音が低く響いている。

「……彼は右手になにかもっていました。コップではなく、理科の実験で使うような広口瓶に似た。それを階段下のわたしのほうに振りました」

「どんなふうにですか。思い切り？」

「……いいえ」

どういうことだろうか。もうすこし聞いてみる。

「ためらっているような？」

「……いいえ。わたしの個人的な感覚でいいですか」

「もちろん。その場にいて体験したのは、犯人とカレンさんだけですから」

「じゃあ……なんというか、怖がっているような」

これから硫酸をかける相手を怖がるアシッドアタッカー。まるで意味不明だった。

「どうして、カレンさんはそう感じたんですか」

「彼の右腕が固まっていて、上手く振れないようなそんな感じがしたんです。そのせいで……」

急に下村カレンが泣きだした。ミクがたぶん背中でも撫でているのだろう。カーテンにはまったく動きがない。

「……取り乱して、すみません。そのせいで、わたしの顔全体ではなく、あごから喉にかけて酸がかかりました。目にかかっていたら、まぶたが溶けていたか、失明していたと、医師からいわれました」

下村カレンは強い女性だった。謝る理由などひとつもない。きっと彼女は二度と駅におりる階段を使わないだろう。この先何十年たってもだ。そのトラウマの現場をおれは無理やり、詳細に回想させている。

「それから、どうなりましたか？」

「あごの先と首筋が焼けるように熱くなりました。手で触るのは危ないと思って。トートバッグからミネラルウォーターを出してかけました。それから液体がかかったところをふこうと思いましたが、ハンドタオルではどうにもならなくて、もっていたスーツでふきました。ひどい刺激臭がしましたが、あれは肌が焼ける臭いだったんですね。誰か、女性の叫び声が聞こえました。下からあがってきた人が、わたしの身体から煙が出ているのに、驚いて悲鳴をあげたんです」

「そのあいだ、彼はどうしていましたか」

「わたしは自分のことで手いっぱいで、ほとんど見ていませんでした。ただ……」

「なんでしょうか」

「目の隅でちらりと見えた気がするんですけど、彼は競技用のシューズを履いているのに、右足を引きずっているような気がしました」

優秀なランナーが右足に怪我《けが》をした？　女にもてないリハビリ中の駅伝選手だろうか。さっぱりわからない。


廊下から警官の声がした。

「時間です」

十五分などあっという間だった。おれが礼をいう前に、下村カレンがいった。

「いくつか新しく思いだしたことがありました。真島さん、ありがとうございました。なんとか犯人を突き止めてください。うちのコアメンバーをよろしくお願いします」

「こちらこそ、ありがとうございました。すごく参考になります。あの、うちは池袋の西口で果物屋をやっていて、お見舞いにフルーツバスケットをもってきたんです。これ、どうぞ」

おれはカーテンの隙間から、お手製のバスケットを差しだした。ミクが気を利かせて、カーテンが開かないように押さえながら受けとってくれる。

「佐倉さん、だいじょうぶです」

下村カレンの気丈《きじょう》な声だった。

「真島さん、直接ご挨拶させてください」

カーテンがゆっくりと開いた。おれは雷に打たれたように、その場に立ち尽くした。カレンは顔の下半分が包帯でおおわれていた。前腕の半ばから両手もである。話しにくそうだったのは、あごが動かせなかったせいなのだ。目は力強かった。

「真島さん、彼に正当な裁きを受けさせてください。お願いします」

おれは船の碇《いかり》を胸のなかに放りこまれたようだった。気《け》おされていった。

「全力で、がんばります」

おれは刑事でも名探偵でもない。他になにがいえるのだ。カレンはおれに会釈して、上半身をベッドの背もたれに預けた。

「じゃあ、いくね。カレンさん、お大事に。今はとにかく休めばいいから」

「ありがとう」

アシッドアタックを受けたふたりの女性の視線が結ばれた。おれなんかが入る隙間のない絆《きずな》。

おれたちはカーテンをそっと閉じ、静かに病室を離れた。


帰りは池尻のカフェに寄った。

下村カレンの証言があまりに重かったので、おれたちは言葉すくなだった。歩道をいく通行人をしばらく眺めて、おれはいった。

「下村カレンって、すごい人だったな。おれだったら、あんなふうに落ち着いて話せないし、顔を見せることもしなかったと思うよ」

ミクは毛先を押さえていった。

「女性はみんな強いと思う。でも、今日のカレンさんはすごかったですね」

あれでは非モテ童貞の男たちが恐れをなすのも無理はなかった。硫酸をかけられながら、相手の恐怖を感じとれるやつが何人いることか。ミクがいった。

「昨日の夜、安藤さんに会いました。うちのメンバーのスケジュールを渡して、警護のお願いをしました。できるだけ不要不急の外出を避ける。公的なイベントでは各人に二名ずつのボディガードをつけてくれることになりました」

「そいつはよかった。今日は佐倉さんにはついてないみたいだけど」

「いえ、自宅から池尻大橋まではいっしょでした。カレンさんの病室には連れていけないので、近くで待機してもらっています」

「そうなんだ」

ミクは完全に事件の渦中にいるのだ。「ニューエデン」の代表だから、つぎに狙われる可能性もある。

「わたしは今日カレンさんに会って、ひとつ気づいたことがあります」

おれをじっと見つめる恐ろしいほど強い視線。

「わたしも戦わなければいけない」

「戦うって、なにをするんだ?」

「わかりません。でも、戦わないとダメなんです。マコトさんは気づかなかったかもしれないけど、カレンさんは話をしているあいだ、何度も涙をこぼして、震えていました。きっと思いだすのが、ものすごく怖かったんだと思います。すごい勇気を見せてもらいました」

確かに声が揺れたことは何回かあった。それでも、そこまでとは思わなかった。冷静に淡々と正確な証言をしてくれた。カーテン越しには、そんなふうに感じていたんだ。

「どえらい勇気を見せてくれたよな……女は強い、か」

それはそうだ。階段の上から強酸をかけて、半分しくじるようなやつだ。下村カレンがフェミニストであろうとなかろうと、そんな男よりはるかに強いのは確かだった。

猛暑の夏の日が過ぎていった。

下村カレンへの襲撃以降、新たな事件はなにもなし。吉岡の捜査情報も進展はなし。襲撃犯は公共交通機関を使わず、三軒茶屋の裏路地を徒歩で逃げたらしい。すこし離れた場所でタクシーにでも乗られたら、足取りを追うのもお手上げだ。

当初は三日といっていたゼロワンのデータ解析も、一週間後に延ばされた。おれはただどっきりプロの有料会員のプロフィールと純情男魂団の書きこみを読んでいるだけ。このなかに犯人がいなければ、おれのほうもお手上げだった。

新たな動きといえば、横井代表から電話をもらった。炎上がまったく鎮火しないという。

「悪名は無名に勝るといいますが、ちょっと困ったことになりました」

おれは店先でスイカを四等分していた。よく切れる包丁でやると、気分爽快だよ。

「なにがあったんだ?」

「最近はコンプライアンスが厳しいので、テレビの仕事がいくつかキャンセルになりました。それより問題なのが、八月の単独ライブのスポンサーから圧力がかかっているんです。設営とかPA(音響)とか演出のためのもちだしがかなりの額になるので、ここでスポンサーにおりられると、うちの事務所の空中分解もありえます。なにか、いい手はないですか、真島さん」

きっと横井代表は知りあいのすべてに、窮地を抜けだす策を聞いているのだろう。

「おれは芸能界のことは、ぜんぜんわからないから、なにもいえないよ。じゃあさ、ビギンズのふたりといっしょに、記者会見でもやったら。きちんと準備してさ」

門外漢のお気楽なフラッシュアイディアだった。横井代表の返事は渋い。

「いやあ、記者会見一発くらいではさらに炎上するだけで、なかなか鎮静化はむずかしいですよ」

確かに不用意な謝罪の言葉で、内心を見透かされ逆に火に油を注ぐ結果となった会見も数多い。

「真島さんのほうはどうですか」

おれはすでに下村カレンの襲撃犯情報は報告してあった。

「例の北東京イチのハッカーに解析を頼んでるけど、あまりに情報量が多過ぎて、期日を延ばされたんだ。まだ結果は出ていない」

気が乗らない返事がくる。

「そうですか。じゃあ、なにか進展がありましたら、ご一報お願いします」

しかたない。おれはまたスイカの四分割にもどり、切れ端をラップしていった。


ゼロワンとは七月の終わりに、いつものデニーズで会った。例のガス漏れ声でいう。

「いや、今回はしんどかったな」

「お疲れ」

黙って、ファミレスのテーブルにＡ４用紙の束を滑らせる。

「二十四人だ」

「すごいな」

おれはコピー用紙を手にとった。顔写真があるものとないものがあるが、住所と連絡先はすべて揃っていた。

「マコトがいっていた二十代前半、住んでる地域は千葉・埼玉・神奈川・東京だけ。高額な年収を得ているやつはカット。あと助かったのは、有料会員のプロフィールだな。ビギンズの坂本のおかげだ」

「ああ、あのコンプレックスだな」

ビギンズ坂本の身長は一六〇センチあるかないか、低身長がコンプレックスなので、プロフィールの記入欄には身長の項目があったのだ。坂本本人は洒落のつもりだったのだろう。経験人数と彼女いない歴なんかと同じで。なかには冗談で身長三メートルなんて書いてるやつもいたんだが。ゼロワンがいった。

「ビギンズのファンはかなりの確率で一七〇センチ以下だった。坂本にシンパシーを感じてる童貞が多いんだな。顔写真は本人がやってるＳＮＳで拾った」

「ありがとう。まず、こいつらからＧボーイズの探索網にかけてみる」

「何度もいうようだが、絶対のスクリーニングじゃないからな」

「わかってる、ありがとな、ゼロワン」

まんざらでもない顔で、ゼロワンはガス漏れ声を漏らした。笑っているのだろう。

「ところで、マコト。八月の単独ライブのチケット、手に入らないか。今回データ解析をしているあいだ、ずっとやつらのユーチューブ観てたから、すこしファンになったんだ。坂本はたいしたやつだな」

ゼロワンは童貞ではないことだけは確かだが、とくに女にもてるという訳でもない。どっきりビギンズのファンになる下地はあったということか。北東京イチのハッカーにしてジュンダンだ。

「わかった。横井代表に聞いてみる。チケットは完売だけど、関係者席にすこし空きはあるだろ。おれも観にいくしね」

「サンキュー。この仕事していて思ったんだが、今のニッポンじゃ男と女の距離はどんどん離れているんだな。なぜかおたがいを毛嫌いしてる。経済的な格差よりも男女の格差のほうが激しいかもな。確かに二百年か三百年後、日本人がひとりもいなくなるって、ほんとうかもしれない」

絶滅危惧種、ヒト科ニッポン人。ゼロワンにしてはめずらしいことをいう。

「絶滅したら困るのか」

「いや、おれもどうせ死んでるし、おれには子孫もいないし、この国の人間がいいデータだけ残してくれるなら、おれはそれでいいや」

さすがにデータの鬼だった。

人が増えるのも、人が減るのも、おれたち全体の意思の問題だとおれは思う。江戸時代は三千万人台だったというし、全世界を敵に回した太平洋戦争のときでさえ人口は七千万人台だ。一億二千万人超えというのが、最初から多すぎるだけの話である。おれはこの国の人口が少々減ろうが、まったく気にしない。

二十四人のリストは、そのままGボーイズに回した。おれが自分の足で全員にあたるのは、時間がもったいない。さすがにタカシで、やつは三日といった。三日あれば、二十四人全員をチェックし、さらに絞れる。最後に残った数人を、マコトとおれで面会しよう。なんなら、さくっと拉致して、アジトできつめの訊問をしてもいい。おれたちは警察じゃないからな、すこしばかりの非合法手段だってかまわないと。

約束の三日後の夕方、うちの果物屋にGボーイズのSUVがやってきた。スモークガラスがおりると、タカシはおふくろにいう。

「おふくろさん、ちょっとマコトをお借りします」

クルマのなかから、紙袋を差しだした。

「この前たべたいとおっしゃってたマカロンです。どうぞ」

おれはピエール・エルメの紙袋をもって、店の奥のおふくろに渡してやった。タカシは上機嫌。

「つぎの差し入れ、なにがいいですか」

不思議なのだが、キングがこんな甘い顔を見せるのは、うちのおふくろだけだ。おふくろも笑っている。

「そうだねえ、スイーツもいいけど、マコトに服を選んでやってくれないかい。タカシくんみたいにしゅっとした服を着せりゃあ、マコトもすこしは女の子にもてるようになるだろう」

タカシはボルボのSUVから横目でおれを見て、いじわるそうに笑った。

「わかりました。腕によりをかけて、こいつにこの夏最高のモードを選んでやります。さあ、いくぞ、マコト」

大型SUVに、おれが乗りこむとハイブリッドカーは音もなく発進した。タカシは運転手のGボーイにいう。

「池袋の周辺をゆっくり流してくれ」

クルマは池袋警察署の角を曲がり、びっくりガードに入った。タカシはノートパソコンを開く。おれにA4用紙の束を差しだした。キングは愉快そうにいった。

「二十四人分の隠し撮りが、ハードディスクに入ってる。さくさくとチェックしていくぞ、マコト」

タカシが座面においたワイヤレスマウスを操作した。

「二十四人中大学生が半分強の十四人。今、大学は空前のお笑いサークル・ブームなんだな。大学までいって、なにをしてるんだか」

おれとタカシはふたりとも、豊島区の工業高校卒。今となっては大学という場所の中身をすこし覗いておけばよかった気もする。まあ一年浪人すれば、きっとどこかに受かっただろう。おれはいった。

「残り十人は？」

「ゼロワンの情報によれば、アルバイトか契約社員だな。さて、見ていくか。最初は文京区に住む大学生、親と同居している」

ディスプレイに開いたウインドウには、朝の街を茗荷谷《みょうがだに》駅に向かう大学生が映しだされた。低身長、小太りのメガネ。白いTシャツに、ベージュのチノパンをはいてる。背中にはデイパック。マスコットが揺れている。あれはミニオンズだろうか。すこしも暗いところのない普通の大学生だ。おれはコピー用紙に目をやった。

「こいつが女は全員、男の奴隷になるべきだと書いたガキか。人は見かけによらないな」

だが、やつは右足を引きずっていなかった。黄色い厚底スニーカーも履いていない。動画はひとり九十秒ほど。映画の予告編のようにあっさりと見終わる。

「どうだ、マコト？」

「たぶんシロ。つぎにいこう」

おれとタカシは、その調子で二十四人分の隠し撮りを見た。表情のないガキも、怒りを抱えたような顔のガキも、まったく印象に残らないガキもいた。問題なのは、動画のなかでは誰ひとり右足を引きずっていないことだった。当然、黄色のスニーカーも履いていない。なによりおれが気になったのは、カレンがいっていた「恐怖の感覚」だった。

すくなくともゼロワンがスクリーニングして、Gボーイズが直接あたりをつけた二十四人には、女だけでなく他者を恐れる日常的な深い恐怖感を抱いているようなガキはひとりもいなかったのだ。

SUVは明治通りから右折して、目白通りに入る坂の途中だった。

「タカシはどう思う？　今の動画のなかで、誰か怪しいのはいたか」

タカシは明治通りのうえにかかる陸橋から、新宿の高層ビル街の夕焼けに目をやっていた。クルマでなければ、ゆっくりと眺めるのだが、いい景色は一瞬で流れてしまう。

「おれの直感でしかないが、女に硫酸をかけるほど絶望したやつはいなかった気がする。マコトはどうだ？」

「おれも同じだ」

タカシはフリーザーで二時間凍らせた霜を吹いたような声でいう。

「最初の二ダースは空振りか。マコト、どうする？」

おれには新しいアイディアはなかった。

「ゼロワンにつぎの二十四人を選んでもらおう。そして、また網をかける」

タカシがあきれたようにいった。

「地道な捜査だな。吉岡みたいだ」

しかたない。少子高齢化のニッポンでも、首都圏には四千万を超える人間がいる。そう簡単にアシッドアタッカーが見つかるはずもないのだ。


おれがゼロワンにつぎの候補者のリストを依頼した夜八時過ぎ、いきなりミクがうちの店にやってきた。今度は濃い灰色のパンツスーツに、灰色の手袋。おれはすくなからず驚いたが、軽口を叩いた。

「服の色だけ、革の手袋をもってるのか」

ミクはにこりと笑った。なぜだろう、前回の悲壮感が消えている。

「そうね、注文してつくってもらっているんだ。今は十二色分くらいあるかな。三十分でいいから、時間をもらえない？　提案があるの」

　黙って聞いていたおふくろが、うなずいて、あごの先を西一番街のほうへしゃくった。店はいいから、ちょいといってきな。おふくろは生粋《きっすい》の江戸っ子だ。

「わかった。晩飯くったか？」

「ううん、まだ」

「じゃあ、最近開拓した町中華があるんだ。いいよな」

　ミクがボブの毛先を揺らしてうなずいた。


　着いたのは吉岡といったロサ会館近くの店。

「腸詰とネギラーメンがおすすめだよ」

　ミクはそれに空芯菜《くうしんさい》炒めを追加した。油で曇ったガラス窓には、ゲーセンや焼肉屋のネオンサインがにじんでいる。電柱のかげにはＧボーイズのガードマンがふたり。

「なにかいいことあったのか」

　ミクは首を傾げていう。

「ぜんぜんいいことじゃないけどね、決心はついた。マコトさんのほうの最初の二十四人は空振りっていってたよね」

　ミクと横井に電話で報告はしていた。

「ああ、ひとりも黄色のスニーカーを履いてないし、右足を引きずっていなかった。恐怖も感じなかったしな」

「そう」

「で、決心ってなんなんだ」

ミクは赤い腸詰をつまんだ。

「粒胡椒《つぶこしょう》が効いてておいしい」

八角《はっかく》の香りに、すこし甘い味つけ、そこにがりがりと粗びきの胡椒が入った手作り腸詰だった。

「ビールがのみたくなるよな」

「わたしものもうかな」

おれは生の中ジョッキをふたつ、カウンターの奥の店主に注文した。乾杯をするとミクはいう。

「わたしはあの事件以来、自分の被害についてはマスコミでは一切話さなかった。こういう活動をしていても、襲撃事件は隠し通してきたんだ。でも、もう隠すのはやめにする」

なにをいってるのだろうか。どっきりプロが大炎上するほど、週刊誌は三茶の事件のニュースでもちきりだ。

「そんなことをしたら、佐倉さんのプライベートなんて、なくなるぞ」

淋し気に笑うと、代表はいった。

「カレンさんの勇気を見せつけられたら、どうにもならないよ。わたしもマスコミに顔出しして戦うことに決めた。近いうちに記者会見を開いて、襲撃犯を公衆の面前で非難するつもり。徹底的に馬鹿にしてやる。それで、できたら……」

迷っている。なんだろう。佐倉代表は思い切っていった。

「わたしがおとりになって、犯人を引きつける。そうしたら、すくなくともうちのメンバーが襲われる可能性はさがるでしょう。そのときはマコトさんも記者会見につきあって」

下村カレンだけでなく、ミクもどえらい勇気の持ち主だった。だが、ミクに対する再襲撃の危険性だけでなく、なにかすこし頭の隅に引っかかることがあった。

「……わかった。必ずいくよ」

気のない返事をしたのだが、おれのなかで新しい手ごたえが生まれていた。最近も記者会見という言葉を別な場所で聞いたような気がする。横井代表との電話だったか。その瞬間、おれの頭の一番奥で、ぱちんとスイッチが入る金属音が鳴った。

「確認だけど、佐倉さんはマスコミに顔出しすると決めたんだよな」

「うん、やってやる。どうせなら『ニューエデン』の名前も売りたいしね」

名前を売るか。悪くない言葉だ。

「じゃあ、おれのやりかたで、効果を最大限にしてみないか」

「どうするの、マコトさん」

頭のなかで猛烈な回転運動が始まった。いくら被害者が所属するフェミニスト団体とはいえ、ミクだけで単独会見を開いても記者はたいして集まらないだろう。

それよりもお笑い界のライジングスター・どっきりビギンズを巻きこんだほうが絶対にいいはずだ。だが、その前に横井代表と打ちあわせをして、了解を得なければならない。

「明日中には連絡するから、単独での記者会見はちょっと待っていてくれ」

ネギラーメンが届いた。いい香り。

「なにか考えがあるんだよね」

ようやくおれのターンだ。今回の事件ではやられっぱなしだったからな。

「ああ、今はあんなやつのことは忘れて、うまいラーメンくおうぜ」


横井代表には店に帰ってから、夜の西一番街を眺めながら電話した。記者会見のいいアイディアがある。すごい数のマスコミが集められるし、どんなへそ曲がりでも好意的な記事を書いてくれるはずだ。自信満々でそういうと、横井は疑わし気にいう。

「ほんとですか、真島さん。あの二十四人も空振りだったからなあ」

おれは思わせぶりにいった。

「あのさ、純情男魂団だけでなく、もうひとつ団体をつくらないか。今度は女だけを集めるんだ。名前はジョシジョウジョウダンとかどうかな。漢字だと女至上嬢団。こっちはフェミニストの考えをアピールしながら、笑いのめすんだ。あんたのところの坂本は小柄だし、細面《ほそおもて》で化粧映えする顔してるだろ。女装してフェミニスト・キャラをつくるのもおもしろいよな」

すこしだけ横井代表の心が動いたようだ。

「悪くはないですけどね。いや、なかなかおもしろそうではあるなあ」

「でも、どっきりプロの新しいメンバーシップというだけでは弱いんだよな。記者連中に足元を見られる」

なにかをかぎつけたようだ。横井代表の声が前のめりになった。

「坂本の女装に、フェミニズム擁護のメンバーシップか。さして会員は増えなくても、うちの事務所の中立性は担保できる」

「ああ、そうだ。おまけにマスコミが絶対に無視できない餌《えさ》をしかけるんだ。さっきまで『ニューエデン』の佐倉代表といっしょだったんだが、あの人マスコミに顔出しするのを決めたんだって」

「佐倉さんは一度お会いしただけで、今ひとつわからないんですが。あの人いったいどういう人なんですか」

「右手に手袋してたの覚えてる?」

「ええ、変わったファッションだったなあ」

おれは声のトーンを変えた。真剣モード。

「あれはファッションなんかじゃない。佐倉代表は学生時代に硫酸で襲撃を受けている。右手の甲は焼けただれているんだ。顔にもちいさな傷がふたつ残っている。普段はショートボブで隠れているけどな」

電話の向こうが無音になった。横ちゃん、おれにも聞かせてよ。ビギンズ坂本の声がした。横井代表がいった。

「ここからはスピーカーフォンにして、うちの坂本も話に加わります」

「ああ、よろしく。アシッドアタックを受けた下村カレンが所属するフェミニストグループの代表が記者会見を開くんだ。しかも本人も学生時代に硫酸をかけられた経験がある。今までは隠していたんだけどな。そこにどっきりプロも乗っかるんだよ。さっきの女至上嬢団の顧問を、佐倉代表に頼むのはどうかな。そうしたら誰も新しい女性向けメンバーシップを冗談だとは思わないだろ。あんたたちの事務所で、男も女もどっちのサイドも過激なやつらを、大量にとりこむんだ。笑いと皮肉をまぶしてな」

　ビギンズ坂本がインチキ関西弁で吠えた。ちなみにやつは横須賀生まれ。

「おもろそうやんか。ごっつええで、真島はん」

「明日どこかで打ちあわせできないかな。佐倉代表を連れていくよ」

　横井代表がいった。

「明日の午後ならＣＸ（フジテレビ）かなあ」

　という訳で、おれとミクはつぎの日の午後三時、お台場のフジテレビにいく羽目になった。Ｇボーイズがクルマを出してくれたので、いきはラクチン。レインボーブリッジから巨大な球体を抱えたテレビ局の冗談みたいなビルが見える。ミクがいった。

「わたしがどっきりプロの顧問になるなんて、想像もしていなかった。何日か前に抗議文を渡したばかりなのに」

　あれこれと出来事が多すぎて直近のことに思えるが、下村カレン襲撃からもう二週間近くがたっていた。どっきりビギンズの単独日本武道館公演までは二週間とすこし。もう引き返すことができない地点まできてしまっている。しかも、襲撃犯は影も形も見えない。

　フジテレビの車寄せで、おれとミクはおりた。一階の受付でミクが来館票に記入する。おれは団体のスタッフあつかい。まあ、池袋の果物屋の店番と書いても受けつけてはくれないだろう。美人の受付嬢がいった。

「奥のエレベーターで二階のタレントクロークにあがってください」

おれがもうすこし芸能やテレビに興味があれば、興奮の体験だったかもしれない。ガードマンが警護するゲートを抜けて、エレベーターホールへ。壁には新番組のポスターがびっしりと貼られている。あとは赤文字で書かれた視聴率の短冊。なんだかいつもお祭りをしているみたいな雰囲気。二階の長い廊下もポスターだらけだった。ミクもおれも顔色は変えないが、すこし浮足立っていたと思う。

円形カウンターになったクロークの周辺には、マネージャーらしき人や局のスタッフがたまっていた。池袋西口とはぜんぜん雰囲気が違う。

「さて、どっきりビギンズの楽屋はどこかな」

おれがクロークで聞こうとしたら、背中から横井代表に声をかけられた。

「真島さん、佐倉さん、遠いところまでわざわざありがとうございます。楽屋はこちらですので」

おれたちは左右にドアが並ぶ狭い通路を抜けて、ビギンズの楽屋へ向かった。


フジテレビの楽屋からは、首都高湾岸線が見えた。埋立地の景色は高層ビルが並んでいても、どことなく淋しい感じ。畳敷きの部屋で、ロッカーと洗面台がある。壁一面が横長の鏡になっていた。異様なハイテンションでビギンズ坂本が声をかけてきた。

「ようきてくれました、あれから新しいアイディアが湧いてわいて。もうとまりませんでした。おれのフェミニスト女装キャラ、坂モト子でどうですか。バン・モトコ、いいでしょう」

なんというか本番直前のタレントには不思議な圧があった。

「それで、フェミニズムコントはおれが書きますから、佐倉代表には教室コントの先生役をやってもらいたいんですわ。生徒はおれと徳山、たまにゲストを呼んでもいいけど、基本はビギンズと先生による女性参政権あたりから始めるフェミニズムの歴史という感じで、どうでしょうか」

おれとミクは靴を脱いで、座布団に座った。おれたちふたりに坂本と横井代表の四人。ビギンズ徳山は奥の壁にもたれて、スマートフォンをいじっている。

「坂本さんはずいぶん詳しいようですね」

「いやあ、うちのジュンダンは男の底辺みたいなやつばかりなんですけど、みんなフェミニズム嫌いなんですよ。だから、コントを書くために勉強もしなくちゃならなくて」

おれは坂本にいった。

「あのさ、いまだに童貞ってほんとなの?」

坂本は破顔して朗《ほが》らかにいった。

「公式プロフィールでは今でもそうなってるよ。でもさ、ほら、アイドルはトイレいかないことになってるから。あとはお察しください」

ミクはあきれて、おれとビギンズ坂本を見ている。教室でクラス委員の女子ににらまれた感じ。

「それよりも坂本さんは男性至上主義なんですか」

「いや、そういうのは別にありませんて。男は悪いし、女は狡《ずる》い。そんなことちゃいますか。それぞれいいたいことがあって、相手がたばかり得をしているようにみえる。その差を上手く利用して、おもしろいネタを書ければ、それでいいんです。だから、佐倉代表が徹底的にフェミニストになれというなら、役柄のうえではなんでもやりますよ。舞台でマッチョな人形のチンコ切りましょうか」

おれはいった。

「それ、いいなあ」

横井代表を見て、ビギンズ坂本がいった。

「じゃあ、もう決まりでいいですやん。うちは男性至上主義も、女性至上主義も公平に笑い飛ばす。ユーチューブに女至上嬢団のコントすぐにあげましょうよ。おもろいことになりますよ、絶対」

おれはいった。

「じゃあ、あとは記者会見だけだな。どれくらい見とけばいいかな」

横井代表は面倒そうにいう。

「ホテルの会場押さえて、マスコミ各社にファックス流すだけだから、なか一日あれば会見は組めます」

どっきりプロの稼ぎ頭で、一番の権力者が中学校の元同級生にいった。

「じゃあ、すぐに会場押さえて。うちらは池袋育ちだから、ホテルメトロポリタンでいいっしょ」

「わかった。すぐに動こう」

横井代表はスマートフォンをもって、タレントクロークの廊下に出ていった。小柄なせいもあって三十歳になっても中学生のように見える坂本がいう。

「なんだか、いまだに信じられないんだよな。フジテレビの楽屋でこんな打ちあわせしたり、武道館で単独ライブしたり、冠番組の話をもらったりさ。この八年間、ずっとアルバイトしてたから」

それから、坂本はあぐらから正座し直した。

「おい、徳山、おまえも」

壁にもたれていた相方ものろのろと正座する。

「佐倉さん、今回の下村カレンさんの件、ほんとうに申し訳ありませんでした。ジュンダンのメンバーのなかに犯人がいるなら、おれたちの影響もきっとあったはずです。心からお詫《わ》びします。教室コントの先生役もよろしくお願いします」

コンビで頭をさげる。坂本はなかなか男気のあるやつだった。いや、今では「人間」気か。ミクも頭をさげる。

「わかりました。こちらこそ、よろしくお願いします。今回はわたしが襲撃犯の注意を引くのが目的のひとつでもあります。どんなネタにしてもかまわないので、おもしろい作品をつくってください」

横井代表がもどってきた。

「明後日、金曜の夕方五時から、ホテルメトロポリタンのホールとれました」

それから一時間ほど、おれたちは打ちあわせをした。大筋はもう決まっているが、各人の役割分担を決めていく。横井代表がいった。

「明日の朝イチで、マスコミにファックスを流します。それまでにどっきりプロとニューエデンのサイトで、公式に記者会見の発表をしておきましょう。文章はまったく同じもののほうがいいと思いますので、ひな形はこちらでつくります。あとでお送りしますので、佐倉代表のほうで赤字を入れてください」

　ビギンズの頭脳がいった。

「そこの会場はキャパ何人くらい？」

「立食パーティなら七百人くらいだ」

「じゃあさ、単独ライブの景気づけも兼ねて、ジュンダンのメンバーなら無料で入場できるようにしないか」

　おれとミクは目を見あわせた。不特定多数のジュンダンの男たちか。危険性は高いが注目度はさらにあがるだろう。

「わたしなら、だいじょうぶ。やります」


　その夜、タカシに電話をした。ニューエデンとどっきりプロの共同記者会見、新たな女性向けメンバーシップ、フェミニズムコントの話をする。だが、タカシの胸を一番強く打ったのは、ミクの顔出しの件だったようだ。

真夏の吹雪のような声でいう。

「そうか、自分をおとりにして、襲撃犯から他のメンバーを守るのか。思いださないか」

「なにを?」

「おまえだよ、マコト。パーティ潰しのとき、おまえもウエストゲートパークでおとりになっただろ」

警官から銃を奪って逃走した成瀬《なるせ》を罠にかけたのだ。あのときも夏で、防弾ベストがひどく暑かった。

「もうずいぶん昔の話だな」

タカシもおれも黙りこんだ。流れた時間について考えてしまったのかもしれない。無駄に過ぎた時間は人をセンチメンタルにする。キングはいった。

「会場の警備をしっかりとやればいいんだな」

「ああ、いつもの突撃隊でいい。でも一般客を装って、いくらかさらに増員してもらいたいんだ。緑色のイモジャージが人数分必要になるな」

タカシが低く笑った。

「おまえの分もいるのか」

「おれはいらない。舞台袖で待機するから、ジャージはダメだろ」

「わかった。おれも現場に出張ることにする」

「助かるよ。なあ、ゼロワンが観たいというんだが、どっきりビギンズの単独ライブ、タカシもこない……」

やつは返事もせずに途中で通話を切った。王というのは気分屋で、実にわがままなものだ。

記者会見までに二度、おれたちは打ちあわせをした。あわせて五時間くらいのかなり密度の高い会合だ。残りの時間は、のんびりとうちの店番。明らかに高価なフルーツの売り上げがさがっている。ほんとうに日経平均株価はバブルを超える最高値なのだろうか。まあ、金融資産のない庶民にはなんの関係もないのだが。おれはあい変わらず、スイカとシャインマスカットとメロンを売り、近所の店に配達にいった。猛暑日でも身体を動かしておいたほうが、幾分かはしのぎやすいものだ。暑いあついといって寝そべっていると、さらに暑くなる。

その日もまた東京の空は亜熱帯の鉱物的な青だった。猛暑日が続いたのに、雨はしばらく降っていない。地面に熱がたまり過ぎているので、天気はいつ崩れてもおかしくなかった。

おれはおふくろに店番をまかせ、三時間前には会見場の設営と最後の打ちあわせのためにホテルメトロポリタンの三階にある会場に入った。どっきりプロの三人と、佐倉代表はすでに前室に到着していた。坂本は大声でいう。

「そうかあ、謝罪会見だから金屏風《きんびょうぶ》はダメなのか。おれ、いつか金屏風の前で会見するのが夢だったんだよな。Ｍ－１かキングオブコントでトップ獲ってさ」

ネタづくりの天才は自分の世界にすぐに入ってしまうタイプだった。その分、イメージは豊富なんだけどね。ミクがいった。

「わたしの今日の格好はおかしくありませんか」

そういわれても困る。またカットの違う黒のパンツスーツ。美容院でセットしてきたのだろうか。髪はつくりものみたいな完璧なショートボブ。黒革の手袋もつけている。いつもの団体代表というしかない。おれはいった。

「問題ないよ。きっとファンが増えると思う。横井さん、テレビ局はいくつきそうだ?」

横井代表は黒のスーツに紺のネクタイだった。就職活動の学生みたい。

「ビギンズがレギュラーをもっているキー局みっつがきてくれる予定です」

登壇する四人はあらかじめ用意してある想定問答集を読み直している。おれは会見には出ないので、やることがなにもなかった。ぶらぶらと前室から会場を覗きにいく。木製の高さ四十センチほどのステージが前方に組まれていた。後方は金屏風でなく、ベージュ色の布張りの壁。その前に三百人分の椅子が用意されている。余っているうしろのスペースでは人の背より高い業務用の三脚がいくつか、すでに立てられていた。青のコットンスーツ姿のタカシが、Gボーイズの突撃隊(いつもの黒のジャージやパーカー)の十数人とやってくる。

「いよいよだな、マコト」

やはりホテルの宴会場では突撃隊は雰囲気が異質だった。おれはいう。

「あんまりボーイズを目立たせたくないな。客入れが済んでから、配置しよう」

タカシは黙ってうなずいた。

「イモジャージのほうは?」

「ジュンダンのメンバーにまぎれて、ばらばらに会場入りする予定だ。十二人しこんでおいた」

それだけいれば十分だろう。黒服の突撃隊も十人を超えている。


前室でタカシが簡単な挨拶をすると、長い待機の時間になった。銀のポットでコーヒーが用意されている。おれたちは各自静かに時間を潰した。なんだか時間を遅くするタイムマシンにのまれたようだった。

やることのあるステージの四人はいいが、おれはまた暇。タカシも同じように暇なはずなのに、タブレットをときどき確認している。

「電話が使えないからな。報告はメールで、すべてここにくるようになってる。客入りが始まった。一階のロビーは中国人の観光客と緑のイモジャージでいっぱいだそうだ。外は嵐みたいなゲリラ豪雨らしいぞ」

ホテルの室内では、嵐の気配はそよりとも感じられなかった。


三十分後、ホテルのスタッフが前室にやってきた。

「お時間です。会場へ、どうぞ」

席の順番で部屋を出ていく。横井代表、坂本、徳山、佐倉代表だ。おれとタカシも四人に続いた。おれたちが会場に入ると、フラッシュが豪雨のようにたかれた。拍手をしているのはみな緑のジャージ。ジュンダンの会員だ。四人はステップをあがり、横長のテーブルの自分の席に向かった。最初に一礼してから、席につく。横井代表がハンドマイクを手にしていった。

「本日はたいへんお忙しいなか、どっきりプロとニューエデンの合同記者会見にお運びいただきまして、誠にありがとうございます。まず最初に当社のタレントであり、取締役副社長のビギンズ坂本からご挨拶をいたします」

予定通りだった。おれは舞台袖から、会場に集まったイモジャージを確認していた。

小柄で、メガネはかけていない、厚底スニーカーの二十二、三歳のガキ。どこかおどおどして恐怖感を隠しもっているタイプ。マスコミ関係者が七十人ほどで、あとはみな緑のジャージだった。条件を満たすやつが二十人はいそうだ。まあ、おれならテレビカメラも入っているこんな会場には顔を見せないだろう。すぐ隣の池袋署からも何人か警備の警官がきているしな。

「えーっと、まず最初に襲撃された下村カレンさんに、心よりお詫びをしたいと思います。ぼくたちがノリで始めたメンバーシップ・純情男魂団が犯人になんらかの影響をおよぼしたことは確かなので、それだけでも申し訳ありません。ぼくは暴力は嫌いですし、二度と劇物を使った襲撃なんてしてほしくありません」

坂本はグラスの水をひと口のんだ。

「ぼくは男が偉いとも、女がダメだとも思っていません。男も女も同じくらいダメで、アホで、でもかわいくて愛しい生きものだと思っています。ですから、今日は女性向けの新しいメンバーシップを始めることをみなさんにご報告します。今までは非モテの童貞を純情男魂団で笑い飛ばしてきましたが、今度は目覚めたフェミニズム女性を女至上嬢団で笑い飛ばしていきます。男のダメなところと同じように、女のダメなところもネタにして、平等に笑いに変えていくつもりです。ですが、ぼくたちだけでは女性がおかれた状況や思考はイマイチわからないので、新たに顧問をお願いすることになりました」

ビギンズ坂本は横を向いて、相方にいった。

「ここまではいいかな、じゃあ、徳山もひと言」

笑い声が巻き起こる。徳山がマイクを握った。

「おれはネタも会社の運営も全部、坂本に任せているので、こいつの才能にしがみついていくだけです。以上」

坂本が口を開いた。

「こいつ、いつもこうなんですよ。ネタも絶対に書かないし、なんにも自分から発信しない。これでギャラ折半《せっぱん》って詐欺みたいなもんでしょ。では、どっきりプロが新しく顧問として迎えたニューエデンの代表・佐倉美玖さんをご紹介します。下村カレンさんだけでなく、佐倉代表ご本人も学生時代にアシッドアタックに遭われた経験があります。ぼくはしばらく中座しますので、佐倉さんのお話を聞いてください」

アシッドアタックのひと言で満員の会場がざわつきだした。坂本が一礼してからステージをおりて、前室にもどっていく。ミクがマイクをとった。

「ご紹介にあずかったニューエデン代表・佐倉です。わたしはこれまで自分の被害につきましては、まったく公表してきませんでした。ですがうちのメンバーである下村カレンが襲撃を受けて、考えを根本的に改めました。もう黙っている訳にはいかない。立ちあがるときがきたのだと」

そこでミクはゆっくりと右手の手袋をはずした。顔の横に右手をあげ、手の甲のケロイドを見せつける。フラッシュが嵐のように叩きつけられた。

「一方的に交際を申しこんできた男性に断りを伝えると、二週間後大学のキャンパスでその男性から硫酸をかけられました。右手だけでなく、右の頬の横にも跡が残っています」

ミクが右手でボブの毛先をずらした。涙が流れたような引きつれの跡がふた筋。

「アシッドアタックを実行するような男性は、最低の卑怯者です。女性が怖くて指一本触れられない。だから、愚かにも強酸に頼る。自らの行為の結果を見届ける勇気もないので、こそこそと現場から尻尾《しっぽ》を巻いて逃げだしていく。あとからネットでどんな犯行声明を出そうと、本心では女性が怖くてたまらない臆病者です。わたしはもう襲撃犯を恐れません。女性に危険な劇物をかけるのがせいぜいの、弱虫を恐れる理由なんて、欠片《かけら》もないからです。襲撃したいというのなら、わたしをもう一度狙えばいい。なにがあっても、わたしは最低の卑怯者には負けません」

おれはだんだんと心配になってきた。いくらなんでも、ミクはいい過ぎたのではないか。襲撃犯もきっとテレビでこの映像を見るだろう。発言は一番過激な部分だけ抜きだされて、繰り返しワイドショーでオンエアされるはずだ。おれはちいさく首を横に振り、ミクに視線を送った。だが、代表はとまらなかった。おれにちいさくうなずいて、襲撃犯を煽りにあおっていく。

「いいですか、アシッドアタッカーのあなた、いつでもわたしのところにきてください。話なら、いくらでも聞きます。わたしは逃げません。でも、女性に硫酸をかけることしかできない弱虫では、面と向かって討論することなど……」

「ぼくは卑怯者なんかじゃない！」

緑のジャージが立ちあがって叫んでいた。客席左手の前から二列目。背はちいさい。素早く前方のステージに駆け寄ってくる。右足をすこし引きずっているようだ。Gボーイズの突撃隊が集合してくる。おれも叫んだ。

「よせ！」

小柄なイモジャージが広口瓶のふたを投げ捨てた。Gボーイズのひとりがガキの腰にタックルを入れる。だが、一瞬遅かった。そいつは倒れながら硫酸の入った瓶を、佐倉代表に向かって下手投げで放っていた。そいつは自分の手首を押さえて叫びだした。肉が酸で侵される嫌なにおいがした。自分の手にも硫酸がかかったのだろう。


おれの目にはすべてがスローモーションに見えていた。

硫酸の滴《しずく》を散らしながら、ミクに向かって飛ぶガラス瓶。ミクはアクリル板の陰に隠れようとしたが、間に合わなかった。もうダメだ。おれが目を閉じそうになったとき、真っ先に動いたのはミクの隣に座っていた漫才コンビの「じゃない」ほうのビギンズ徳山だった。佐倉代表に飛びつき、椅子ごとステージに押し倒す。硫酸入りの広口瓶は後方の壁にぶつかり、転がっていく。壁紙が焼けて煙があがった。ひどい刺激臭だ。

「どういうこと！」

女装とメイクを終えてもどってきたビギンズ坂本が叫び声をあげた。記者会見場はパニックになっている。数十人の緑のジャージが出口に殺到していた。Gボーイズは三人がかりで、なにか叫んでいる小柄なガキをフロアに押さえつけていた。警備の警察官がやってきていった。

「あとはこちらにまかせてください」

Gボーイズの突撃隊が離れると、苦痛のうめき声をあげる襲撃犯に、うしろ手に手錠をかけた。

若い警察官は腕時計を見ていった。

「午後五時二十三分、現行犯逮捕」


「なにが起きたんですか、真島さん」

女装した坂本に聞かれて、おれはなんとか返事を絞りだした。

「佐倉さんが卑怯者、臆病者と襲撃犯を煽っていたら、あのガキが叫んで硫酸のガラス瓶を投げたんだ。もうダメかというところで、徳山さんが佐倉代表にダイブして、なんとか直撃を避けられた」

スカートを穿《は》いた坂本が地団太《じだんだ》を踏んでいった。

「まったく、徳山のやつは最後にいつもいいとこをもってくんだよなあ。今夜のニュースじゃ、あいつがヒーローになる場面ばかり飽きるほどこすられるんよなあ。あー腹立つ」

コンビの力関係というのはなかなか微妙なようだった。

「あちち、やばい」

徳山が硫酸のかかった黒いスーツの上着を脱ぎ捨てて叫んでいた。そのままネクタイと白シャツも脱いでしまう。上半身裸の徳山がフラッシュの集中砲火を浴びていた。

「ここはいい場面だな、ちょっといってきます、真島さん」

フラッシュまみれのステージに女装姿の坂本が加わった。阿鼻叫喚《あびきようかん》のシュールなコントみたい。ミクが四つん這いでやってきた。おれは手を差しだした。

「ありがとう。怖くて、脚に力が入らない。あいつは？」

「警察官が手錠をかけた。見にいくか」

なんとか立ちあがったミクと客席にいった。フロアに倒れたままのガキの背中には、警官ふたりが手をおいている。もう暴れてはいなかった。ミクとおれはやつの顔を覗きこんだ。ガラス玉のような目で見つめ返してくる。燃え尽きて灰になったような感情が抜け落ちた目だった。下村カレンがいった恐怖の意味がすこしだけわかった。きっとこの男には誰ひとり味方がいないのだろう。肩を軽く叩かれた。

「そいつがおれたちが追ってた襲撃犯か。気のちいさそうなガキだな」

池袋のキングの声だった。

「警官が大量にこの会場に向かってる。おれは消えるぞ。マコトはどうする？」

「おれは佐倉さんに、もうしばらくついてる。警察に捕まる前には逃げるさ」

「わかった。またな」

ミクもおれもなぜかフロアに倒れたままの襲撃犯から目を離せなかった。自分が見ているのが、どういう生きものなのか、よくわからなかったせいかもしれない。

その夜はどっきりプロの三人と佐倉代表が池袋署に連れていかれた。

おれは途中でかわしたけれど、真夜中近くまで事情聴取をされたという。警察はなかなかしつこい。その夜おれはすべての局のニュースをはしごして見た。

さっきまでライブだった現実が、ディスプレイのなかに編集されて、もっともらしいコメントつきで流されている。テレビでは何度見ても、現実というより出来の悪い犯罪コメディのようだった。裸の徳山と女装した坂本が画面の隅に映っていたせいかもしれない。

翌日になって、襲撃犯の正体が判明した。

永沢新伍《ながさわしんご》（22歳）、アルバイト、大田区在住。

永沢の家は家族三人で暮らしていた。祖母と母親と新伍の三人だ。家のなかの王様は七十を過ぎた祖母だったという。永沢は足が速く、小学校ではいつもリレーのアンカーだった。右の太ももを千枚通しで祖母に刺されたのは、小学校五年生のとき。神経に傷がつき、右足を引きずるようになった。理由はわからないそうだ。祖母の発作的な暴力は日常的だったので、永沢本人も覚えていないという。

冷蔵倉庫でのアルバイト代金もほぼすべて、祖母と母にとりあげられていた。おれたちがやつをとり逃がしたのは、二カ月前に純情男魂団の有料のサブスク会員を辞めていたからで、月の会費八百円が払えなかったという。硫酸はネットで手に入れ、ニューエデンに目をつけたのは、ジュンダンのスレッドで誰かが悪口をいっていたから。永沢にフェミニズムの知識はほとんどなく、ただ女性に復讐《ふくしゅう》がしたかっただけだった。
やつの家庭環境はあまりに特異だったので、週刊誌で三週間ほど話題になったが、いつものようにつぎのくだらない事件（政治家の裏金問題）が起きて、永沢にとっては幸運なことに忘れられていった。

日本武道館の単独ライブは、ゼロワンとタカシとおれ、それにミクといっしょに観にいった。八千人のイモジャージの集団はなかなかの見物《みもの》だった。童貞というのは昔と違って、別に恥ずかしいものではないのだ。誰もソープにいけとはいわない時代である。

どっきりビギンズのふたりは凄《すご》かった。漫才とコントを交互に演じて、誰ひとりゲストを呼ばずに三時間ぶっとおしでステージを張ったのだ。八千人の観客を前にしてな。今の時代の文化的なヒーローは、役者でもミュージシャンでも小説家でもなく、きっとお笑い芸人なのだろう。別に世のなかが低俗になった訳ではない。ただ文化も時代に応じて変わるだけだ。

武道館から帰るクルマのなかで、タカシが不思議そうにいった。

「なんで、おれたちはこんなに笑いを求めてるんだろうな」

東京の街が窓の外を流れていく。みな涼し気な夏服を着ていた。おれはいった。

「ほんとだよな。誰も恋愛や結婚は求めないのに、必死になって笑いばかり探してる」

結論をいうのは野暮《やぼ》なので、おれもキングといっしょに夜の明治通りを眺めていた。笑っているあいだだけは、笑ってもいいような気分になれる。そのために、おれたちはちいさな笑いを探している。みな未来に絶望したり、諦《あきら》めるのが苦手なので、心の表面だけでも朗らかにざわつかせていたいのだ。笑う門に福はこなくとも、ちょっと心に灯《ひ》がともるからね。

おれは「いつか王子様が」の伸びやかなメロディを東京の明るい夜空に重ねていた。

いつか、あんたの王子様やお姫様があらわれるまで、ユーチューブでコントを見ながら、笑って過ごすのも悪くない時間の潰しかたかもしれない。そのいつかは、あんたが待つことにすっかり飽きてしまったとき、こっそりとやってくる。最後に勝ちが確定したゲームなら、待つことなんて余裕だよな。

男《だん》女《じょ》最《さい》終《しゅう》戦《せん》争《そう》
池袋《いけぶくろ》ウエストゲートパークXX

2024年9月30日　第1刷

著　者　石《いし》田《だ》衣《い》良《ら》
発行者　花田朋子
発行所　株式会社　文藝春秋
東京都千代田区紀尾井町 3-23
郵便番号　102-8008
電話（03）3265-1211
印刷　TOPPANクロレ
製本　加藤製本
DTP　言語社

定価はカバーに表示してあります。

ISBN978-4-16-391896-9